我喜欢承诺过的情感有所去处，即使那个地址遥远。

她与他的那些时光，丧失了明亮和温暖，

像地球边缘的极夜，有着完整的黑暗。

长长的路绵延而荒芜。

看一场华丽的街头表演，守一场一个人的电影，

等一个不知何时才会出现的人。

晓希 —— 著

晚点遇见你，余生都是你

All
about
you

四川人民出版社

图书在版编目（CIP）数据

晚点遇见你，余生都是你 / 晓希著. —成都：四
川人民出版社，2019.1
ISBN 978-7-220-11181-5

Ⅰ.①晚… Ⅱ.①晓… Ⅲ.①故事—作品集—中国
—当代 Ⅳ.① I247.81

中国版本图书馆 CIP 数据核字 (2018) 第295225号

WANDIAN YUJIANNI, YUSHENG DOUSHINI

晚点遇见你，余生都是你

著　　者	晓　希
出版策划	孙倩茹
出版统筹	禹成豪
责任编辑	雷　棚　郭　健
彩插插画	小憩梦
封面插画	舟蒲麦
装帧设计	CINCEL

出版发行	四川人民出版社（成都槐树街2号）
网　　址	http://www.scpph.com
E－mail	scrmcbs@sina.com
印　　刷	天津翔远印刷有限公司
成品尺寸	146mm×210mm
印　　张	8.625
字　　数	200千字
版　　次	2019年1月第1版
印　　次	2019年1月第1次
书　　号	978-7-220-11181-5
定　　价	42.80元

目 录

懵懂

我们终会释怀，那些年不曾成熟的情感

有时候，我突然很想认真地想念一些人，不是内心有多渴望，只是害怕遗忘。我发现，某些被忽然提及的名字变得越来越陌生，某些被翻出来的情节亦变得模糊。

遗忘真的是一个让人惧怕的感受，它会让那些经历过的人和事变得轻如尘埃，会让你的某段岁月了无痕迹。所以，我急不可待地想要记录下一些人和事，为了那些有过的曾经。之所以把鸢尾花先生作为第一个纪念的人，是因为他是我的"初恋"，好吧，如果六年级懵懂的喜欢也算是恋爱的话。鸢尾花，本名袁伟华，因为发音近似，成了我给他起的外号。他为此很恼火，自认是一个顶天立地的汉子，怎么能起一个花的名字。

鸢尾花先生生就一双勾人的大眼，说话喜欢拖长音，听起来像撒娇，加上学习成绩好，深得老师宠爱。靠个人魅力发展起一帮"爪牙"，专替他做些见不得人的"勾当"。比如，给某个女生的铅笔盒里放一条蚯蚓，联合所有人孤立他看不惯的同学，偷偷给自己的考评表上多加几分。那时候，我的成绩和他不相上下，他经常指使那帮"爪牙"欺负和孤立我，这给年少的我增加了不小的心里负担。那时候的我内向、寡言，有些自卑，被孤立之后，越觉得缺乏安全感。

可是不知道为什么，我对他却讨厌不起来，或许是成绩好的人都自带光环，比起他欺负我的斑斑劣迹，我更欣赏他在班级里高高在上的那份骄傲。我时常看着他从老师办公室出来，趾高气昂地经过教室走廊，走上讲台传达老师的工作。我喜欢悄悄追随着他，关注他的一举一动，甚至在家里模仿他说话的语气和走路的姿势。没有人能回答的课堂提问，老师总是叫他来回答，他会自信地站起来答完问题，坐下的时候把凳子弄出很大声响。他的那份骄傲和我的崇拜成正比，每每这个时候，我都觉得他很酷。

鸢尾花先生坐在我的前座，隔着两排座位的距离。那时候，我的每个作业本后几页，都被挖了一个小洞，透过它就可以窥到鸢尾花先生的一举一动。他有时候会突然转过头跟后排的同学说话，眼神掠过作业本的狭小洞隙。我仿佛做贼般被抓了个正着，慌忙扔掉手里的本子，心虚地低头翻书包，取出一堆不需要的书。直到鸢尾花先生说完话转头继续做作业，才敢慢慢抬起头，有一种虚惊一场的释然。这种偷偷关注的方式让我很安心，一点小心思躲在一页纸后面，是属于自己的小秘密，带着年少的悸动。

后来，我决定写封信给鸢尾花先生。我要把我对他的喜欢都写在信纸里，让他知道。写信的过程漫长而痛苦，常常是写两个字，划掉，再写，再划掉。写好之后，自己认真地读了两遍，觉得把自己都感动了才算满意。信纸是经过挑选的，一笔一划地把那份青涩的心情誊写上去，再折成一个漂亮的形状。信的结尾，我直白地问他可不可以在一起。

现在的我，很怀念那时候的自己，勇敢、坦白、敢爱、敢恨。这该是我写的第一封、也是唯一的一封情书吧。

信是拜托我的闺蜜、鸢尾花先生的同桌帮忙转递的。看完信的鸢尾花先生在信的末尾用红色圆珠笔写了两个字：可以。就像作业的批注一样。

我们可不可以在一起？

可以。

这是懵懂的年纪里，懵懂的情话。而这类似一种承诺的表达，带给我们的改变，也仅仅是从那以后，我再也没有被鸢尾花先生欺负。我们没有单独见过面，没有牵过彼此的手，就连面对面说话都很少。

后来，他跟我说他也喜欢我。我问他，那你为什么还总欺负我？他说，就喜欢欺负你。那时候，幼小的年纪里，表达好感的方式就是敌对。把自己对对方的在意变成对立的情绪和行为，似乎这样才能引起对方注意。

升初中之后，我们分在了不同的班级。交谈变得越来越少，却会偶尔写信，尽管只是几个窗户的距离。他看到我和某个男生在走廊说话，会写信给我；他听说我参加了某个竞赛，也会写信给我。两个人在几步路的距离里，用书信的方式表达着情绪、心情和年少时的念想。

两年后，我离开生活了十多年的城市，迁回老家。自始至终，我没有跟他告别。他是从别人口中知道的。他写信给我，问我非要回去吗？我回复他：是啊，学校都联系好了。归期定下来后，我经常会暗自掉眼泪，想起他，想起一起玩到大的好朋友，都令人难舍。

离开之后，我没有再收到他的来信，写去的信也杳无音信。我想距离真是一种残酷的东西，或许我们已经可以承担离别，却还无法承担爱恋，我们只是孩童时期两个要好的玩伴。

只是，在某次收拾房间的时候，偶尔看到被压在母亲枕头下的贺卡。一打开，音乐就欢快地响起，一个立体的房子呈现出来，一行简单的英文，写着：I love you。贺卡旁边还有几封信，满满的都是离别后的想念和喜欢。我细细地读完，又重新放回母亲的枕下，再未提及。

早恋在父母眼中是罪大恶极的，母亲扣押了我们的来往书信，将这份青涩的情感生生阻断。可是，我却不恨她，只是为曾对鸢尾花先生有过的怨恨和抱怨心生愧疚。时过境迁，即使母亲不干预，我们稚嫩的感情也终会在时间里淡薄。我们都太年轻，还无法承载一份感情的重量。

很多年后的一个下午，我在办公室休息，电话铃声意外地响起来，竟然是鸢尾花先生。被找到的意外让我失语，不断重复的只有一句话：太不可思议了。我惊讶这么多年过去了，电话号码都换了多个，他怎么找到我的？他说有很多巧合，也费了很大周折，前后问过十多个人才联系到我。那天，我们聊了很多，从小时候的童年趣事，到成长后各自的生活，只是我们都不曾提到离开后的杳无音信，也不曾提到各自的感情经历。曾几何时，两个很少言语交流的少年，现在竟可以如此毫无障碍地说话。不禁感慨，那时都太过年轻，一切都过去，我们都不再是当年的男孩和女孩。

能够找到彼此，着实让我们兴奋了一阵，只是这种兴奋没有持续多久。我们有了对方的QQ、电话，偶尔会留言，过年会群发祝福，却不再有任何联络。其实，我是理解的，毕竟我们在不同的时空里，已然走出了对方的生活轨迹。童年往事再深刻，再令人回味，都已是过去。找到彼此，或许只是了一个孩童时的念想，找到了，也就心安了。

我们终是有了各自的生活，再无交集。

恐惧

" 他一直都不知道该如何表达自己的感情，他爱得热烈却又封闭，他希望自己的感情能有宣泄，可是却找不到正确的出口。"

我终将遇见你，就像终将与你告别

她是个主播，也是个文字控。在一个夜晚，她收到一条很长的微信，内容是一个男子和一个已婚女子的爱情故事。和分享给她故事的很多听众一样，从初相识的惊为天人到相爱时候的幸福甜蜜，再到结束时候的惨烈痛苦……故事很长，却被描述得清晰流畅。

这是一个有些霸道的男子。她在心里想。

她回复过去：写得很好，可以分享在节目里吗?

他说可以。

整理文稿的时候，她有些犹豫了。她不知道将一个有家庭的女子和一个单身年轻男子的故事分享在节目里，听者的留言会不会将主人公置于难堪的境地。一向以故事能引发探讨和质疑为素材选择标准的她，竟然有了恻隐之心。

她没有解释她的食言，他也没有再问及，这件事不了了之。

他还是会偶尔发私信。他说想去敦煌，希望她能做向导。她委婉拒绝了，但他却执着地邀请。她觉得好奇，这个男子从哪里来的自信，觉得她会轻易和未见过面的陌生人一起出行。

在西塘酒吧喝醉的时候，他发私信说在听她的节目，她心生柔软。因为一段过去了两年的爱情，他疼痛买醉，跋扈地在舞台要来话筒唱歌。她想劝慰，他的回复咄咄逼人，她放弃了和他说话。

"我要去美国了，这段时间，没人烦你了。"他在微信里说。

在这之前，她已经习惯了每天有他的私信。爬山、外出、聚会、工作，甚至花店老板娘帮他打理的鲜花，他都会在某个时段以图片的形式发到她的微信里。这样的对话很真实，尽管她从不去考虑网络那边的他是不是真实存在。她是个理性的人，不会轻易相信，也不轻易投入。当然，基本的礼貌是应该有的。

"换我烦你啊。"她打趣说。

"真的吗？说话要算数。"他似乎很高兴。

"当然。"她笃定。

只是，她又食言了，带着刻意。她一直是个被动的人，不愿意轻易表达自己的感情，尽管忙碌之余，她也会犹豫要不要主动发短信给他。

三天后，他的留言到来：说好的"烦我"呢？

看到这条信息时，她笑了，比耐心，她总是丰盛有余。她用"忙"搪塞，不过作为补偿，她答应跟他用语音说晚安。

跨越半个地球的距离，十二个小时的时差，她在明媚的阳光里给地球另一边的他说晚安。语音说了很多遍，不断地被她上滑取消，在不确定的反复里，她突然有了一些奇妙的感觉。这个听过她两年声音的男子，是不是真的用她能感觉到的模样存在。

第一次从电话里听到他的声音，是在她回家的漫长路上。那条路，她总是在下班后打的或者坐公交匆匆而过。她从未想过这条路徒步需要五十分钟，也从未想过她会穿着细长的高跟鞋走回去。他说要打电话给她的时候，她穿过马路，走上河堤。

初春的河堤，人来人往，到处是闲散的人群。他的声音入耳的瞬间，她看到柳枝在斜风里飘荡，不断地在眼前画出一个又一个抽象的线条。他有着比实际年龄年轻很多的声音，她恍惚以为在和中学生讲话，这与她脑海里构想出来的模样不同。

第一次通话，两个人没有陌生的感觉，很自然地聊起各自的生活状态。他是浙江某公司的高管，有着和她完全不同的生活模式。因为主要负责海外市场，他经常在西半球奔波。她周围从商的朋友不多，她对这样的生活充满好奇，时常会像小孩子一样追问为什么。她也聊了很多她的生活、专业和工作。聊天的同时，她会被一些小风景吸引，偶尔飞过的一只风筝，一个初学走路的幼儿，一个气质优雅的美丽女子，或者天边渐渐隐去的晚霞。她第一次发现，生活有很多值得关注的美好，而不仅仅是工作。

后来，每天在河堤上的通话，成了她下班后的重要内容。她总能在这样的对话里寻得轻松的感觉，这感觉有点类似工作了一天之后在美容院做的一场SPA。有时候他们会故意互相调侃，他说话随意，没有太多禁忌，不像一些严谨的商人言谈举止都谨慎克己。她喜欢他骨子里的骄傲，这可能和他从小优渥的生活有关。这让他有一种强大的自信，让听到的人和他一起变得笃定，无以质疑。她能捕捉到他与生俱来的优越感，却并不令人反感。她从每天近一个小时的电话聊天里，一点一点地了解他，也一点一点小心地打开了自己。

没什么事的时候，她会刻意拉长这段回家的距离。或者在小区门前的长椅上坐一会，或者把脚步放得再慢一点。偶尔，他们也会聊起他的过去，那个一直让他不能释怀的女子。她从来没有劝慰过他，只是认真地问，或者安静地听。

他们的关系比之前随意了很多，他会偶尔调侃让她做他女朋友，她从不当真，只是打趣着转移了话题。她是一个没有安全感的人，不愿相信突如其来的靠近，也会本能地拒绝没有理由的温暖。他们没有见过面，只是这一点，就可以瞬间推倒她对他的所有认知。如果身边朝夕相处的人都可以展现出多张面孔，那么这个隐藏在微信里的人，会有几分是真实可触的，她不知道，因此本能地拒绝他的靠近。

只是，她明白，这个男子用很多细节吸引着她，也暖着她。他弹钢琴，时常会找来她喜欢的曲子，录好以后分成几节发给她。她总会在听着这些音符的时候，想象他坐在钢琴前跳跃的手指。他的手指该是纤细好看的吧，她想。他拍办公室桌子上的星巴克马克杯给她，她无意中说很喜欢，于是他在自己的工作群里，请世界各地的业务员买来寄给她。他会在每次飞机起飞前的最后一刻，发微信给她，他说现在空难那么多，最后一句话总要留给最重要的人。于是，她会郑重地回复他：平安。他会把自己觉得好吃或者好玩的东西拍给她，问她喜不喜欢，无论她回答是或者不是，他都会寄给她，有航空运输过来的杨梅，有日本的生巧，有美国的橙子。她是个有些认床的人，有时候出差会睡不着，他会和她语音，念他以前写过的小说给她听，声音温柔，直到她沉沉睡去。

不知从什么时候起，他开始很认真地说喜欢，然后很认真地说爱。她知道她早已经熟悉了他说话的表情，就如同熟悉自己心跳的节奏。某个不愿回家的傍晚，她走过了一座长长的桥，绕了一大圈，找了一个长椅坐下。他在电话里用请求的语气希望她做他的女朋友，她有些不知所措。她不喜欢在虚幻的微信场景里谈真实的情感，她不喜欢在还没有见面时就仓促地说爱。可是，在他面前，她的防备和认知都被颠覆了。她有些患得患失，她怕自己的拒绝会让这个骄傲的男子转身离去。其实，她应该知道，可以轻易离开的人是不值得爱的。可是，那些用来劝慰别人的话，在面对自己的忐忑时没有丝毫作用。他请求了很久，她或者搪塞，或者沉默。可最后依然无以抵挡她心底的爱情之花完美绽放。有时候，爱情的到来就是瞬间的选择，当她说是的时候，她发现，她已经喜欢上了这个男子。

她出差到C城，某个中午她和几个当地的朋友吃饭。他打来电话，说：我想过来，你不是说我们太虚幻吗，我们见面吧。

她内心复杂，既忐忑，又期待。她一直不能明目张胆地说爱，尽管他已经是她默许的男友。他们在微信里聊天、亲昵，他们互称老公老婆，他们早就在照片里看过彼此，可她还是觉得不够踏实。有时候，她会在聊天的时候极度渴望见到他，这种渴望让她烦躁。

她最终只是安静地在酒店等他到来，她利用等待的时间洗澡，换了干净的衣服，喷上喜欢的香水，描画眉眼。她想象他们见面后的两种结果，也许更爱，也许不爱。

他的航班在夜晚十二点抵达，从机场到市区还需要一个小时。他劝她去睡一会，她不肯。快到的时候，他说他订了离她很近的另外一家酒店。她有些惊愕，什么都没有说，内心却翻江倒海。他没有做好见她的准备？他有什么事情是不能直面她的吗？他不是明明说要见面丢弃掉这份虚幻吗？她没有答案，只能肆意猜测。

入住之后，他打来电话，我们视频吧。

这是他们第一次视频，静态的模样变成了可以活动的画面，他的表情清晰可见。他比照片里更令她心安，因为此刻在屏幕里的他很爱笑，笑起来有一个浅浅的酒窝，和照片里完全是两个模样。她喜欢这个微笑，踏实，温暖。

"你不打算给我一个解释吗？"她盯着他的眼睛问。她知道他不喜欢被人盯着看，可是她目光坚定，她想要一个答案。

他缓缓说："来见你的途中，我突然有些害怕，害怕自己再次深陷，害怕自己爱而不得，害怕受伤害。这种恐惧感让我不敢面对你，对不起，这次我们还是不见了。"他说这些话的时候，目光低垂，偶尔抬起头看向她，很快又转移了视线。

她费解。他一直在说爱她，说要娶她，可当她毫无保留地准备接纳他的出现时，他却恍惚得只剩下一些画面。看着视频中的他，她不知道该说什么，如果跨越几千公里，只是为了在离她更近的地方和她视频，虽然有些奢侈，却也无话可说。她知道他的脾气，有时真的没有道理可循。

第二天，她顶着黑黑的熊猫眼去开会，枯燥的内容让她昏昏欲睡。他发信息给她，询问她的地址，她发了过去。不一会儿，他说，我在你们会议室门口。她忍住想要转身看他的念头，他的克制和谨慎让她有些受伤，如果他真的不打算让她看见，强求会显得多余。

会后，她默默收拾好东西，返回酒店。在酒店门口，他驾着一辆车从她身边飞驰而过。那个时候，他们正在通电话，他说他看到她了。还没等她做出反应，他已经和他的车急驰而去。她有些难过，为什么这辆载着她喜欢的男子的车子，不能缓缓停在她身边，然后带她一起离开。

下午，她陪他视频。他们在不足五百米的距离里，有一句没一句地聊着天，直到太阳西沉，华灯初上。她在千篇一律的酒店陈设里看见孤寂正一点点吞没自己，犹如这逐渐到来的黑暗，将白昼蚕食得所剩无几。她感觉有些冰冷，觉得很委屈，她不明白为什么喜欢的人近在咫尺，她却无法真实地触摸。突然，她不知道从哪里冒出来的勇气，用毋庸置疑的态度跟他说："我要见你，无论你是不是要见我。十分钟后我会出现在你的酒店门口，我只待五分钟，五分钟后如果你还是不愿见我，我就离开。"

不容他再说什么，她快速地换好鞋，出门。这个城市在黄昏里的模样恍惚得如同一扇雨水打湿的玻璃窗，她看不清楚前方，看不清楚自己。她走得很快，她怕自己一时冲动鼓起的勇气，会被某个街角的红绿灯滞留。她是个被动的人，对待感情也是一样，她总是相信"是你的终究是你的，不是你的再强求也无用"。可是，这次她颠覆了自己过去几十年一直如影随行的谨小慎微的习惯，固执地把跟随了她很久的矜持丢掉，就这样毫无防备地想要靠近他，看到他。她不要虚幻的爱情，只想要真实的拥抱。

她用不容置疑的坚定语气问他的房间号，然后径直上了电梯。他不在房间。她拨通他的电话："回来吧，打开房门，我只是想看着你，和你说说话。"他在电话那头重重地喘气，她听出他的紧张和纠结，她觉得有趣，这个自信又霸道的男子，在她的步步紧逼下，像一个被困进风箱的小老鼠般惊慌失措。

仿佛纠缠了许久，他终于答应回房间。按照他的要求，她闭上双眼进门。她嗅到他从自己身边经过时好闻的气息。她一步步循着声音靠近他，他明显地抗拒、后退，最后被她逼进卫生间。他紧张地关上卫生间的门，语气里充满无措。

她忽而感觉有些累了，靠在门口的墙壁上无力地说："出来吧，我只是想见见你。"他还在纠结，他们就这样在一门之隔的距离里尴尬相对。她觉得他们像在演一场闹剧，她没有办法按照过去几十年的认知，理解此情此景何以发生。她的委屈如洪水般泛滥，眼泪从眼角滑落。

她起身，拉开房门，走了出去。

他的声音从身后追过来，她却不再有期盼。有些东西再弥足珍贵，不属于你，无论你怎么努力，也无济于事。

或许他们真的是两个世界的人，他用尽力气垒砌的防备，她无法明晓，更无法进入。或许，他爱的只是自己。

第二天清晨，她从一个深沉无边的梦里醒来，拿起手机，时间已过了九点。他在微信里说："我走了，九点三十的航班，我只是想说，无论你是否相信，我都爱你。"她关掉手机，起身走到窗前。从十九层楼看出去，整个城市都是雾蒙蒙的，有飞机带着巨大的声响从头顶划过，她眯起眼睛看向天空，心想这是否是他的那班飞机呢？他应该不会知道，几千公里的大地上，一个渺小的身影正在抬头寻望。

爱情是什么？是不到最后不回头的义无反顾，还是适可而止的恰到好处？或许，什么都不是。

她总是爱过的吧，虽然不知道以后是否还能继续再爱。她轻轻对自己说。

无疾而终

" 当那些疾驰而过的爱情以夺定的姿态冲撞碎落时，我们是否
还能在阳光里美艳如花。 "

那些在生命里刻了骨的人，往往都无疾而终

午夜，昏暗的站台是这个城市唯一清醒的角落，间或地热闹着。偶尔一辆列车伴随着巨大的声响抵达，人群如潮汐般奔涌着四散，瞬间消失在夜色里。这情景类似一种强大的吞噬，不留渣骨。

再次见到他时，他穿着黑色休闲西装，清瘦白皙的脸一如五年前。她试图将见面变得轻松些，主动上前拍打他的肩膀，然后笑着说："你还是那么帅。"他轻轻地笑，依旧是她熟悉的模样，略微上扬的唇角含蓄内敛，让人永远不知道这表情背后的内心世界。见面之前，她想象的各种见面的方式和情绪都成了多余，无处着落。

她在几公里之外预订了宾馆，他们拦了一辆的士，一起离开。

长长的路绵延而荒芜。他在前座，肩部的线条落进她的瞳眸里，连同那些身体的冷漠和柔软。记起那个红叶飞舞的季节，阳光流转，在罅隙间摇摆；记起都市黑夜的霓虹，暧昧得有些憔悴。

她与他的那些时光，丧失了明亮和温暖，像地球边缘的极夜，有着完整的黑暗。

她在北京的一所高校里读研。开学第一天，为了节省住宿费，父亲帮她把行李放在寝室门口便匆匆离开，马不停蹄地赶往下一班返回的列车。她一个人在陌生的环境里，看着乱糟糟的寝室，到处是行李和丢弃的纸箱，无处落脚。站在八楼的阳台看出去，校园里人来人往，所有的微笑都是陌生的，透着骨子里的寒凉。她微微一颤，突然很疑惑自己为什么会站在这里。读研是很多人的梦想，她也为了这个梦想苦苦奋斗了四年，可当自己置身其中，看似一切都唾手可得的时候，却和眼前的一切找不到丝毫关联。

这所高校的学生来自全国各个研究所，第一年在北京学习文化基础课，后两年回研究所继续进行专业学习。每个研究所的学生不分专业在第一年组成一个临时班级，她就是在这个时候认识他的。

不知道从什么时候开始，她喜欢上了这个笑起来有着浅浅酒窝的男生。这个大学期间只知道上自习，每次考试都名列前茅的优秀生，在那一年却因为这场突如其来的遇见荒废了学业。那些崭新得只有一个名字的课本，那些陌生得怎么也听不懂的课堂，那些花花绿绿的讲座海报，都成了那段日子里最模糊的画面。

他们偷偷翘课去滑旱冰，在各种声音混杂的昏暗空间里，肆意张扬；

他们逃票去故宫，在无人的城墙边不经意地牵起手；他们从一场院士报告中溜出来去游乐园坐过山车，头发和尖叫声在潮湿的空气里凌乱。他经常半开玩笑地说："你做我女朋友吧，就三个月。"她记住了前半句的甜蜜，却忽略了甜蜜也有期限，她沉浸在幸福里，忘记了他从来不曾对她说过"爱"，或者"喜欢"。

直到某天，有人告诉她他有女朋友，很优秀，很漂亮。

她急匆匆地找到他，质问他是不是真的？

他坦然的说是，且两家家长都认可了，就等毕业了结婚，还拿出合影给她看。

她气急败坏地说："那我算什么？"

"我想我没有给过你任何承诺，大家都是成年人。"他淡漠的语气刺痛了她，在这冷漠里，她失去了所有语言。

那是一段害怕阳光的日子，她蜷缩在黑暗的角落，在麻木的时光里麻木地舔舐着伤口。她阴湿的身体长满了苔藓，凌乱而斑驳。在他面前，她一直无法打开明目张胆的欲望，守着一寸壁垒，却是残垣，身体在断壁后千疮百孔，鲜血汩汩而出。

她删除了他的联系方式，避开了他可能会出现的所有场合，在校园里低着头走路。只是，她会在午夜的阳台久久站立，偶尔抽烟。缭绕的烟雾被狠狠吸进身体里，然后呛出眼泪。那个夜里，她从一个陌生男子的暧昧里离开，捂着自虐的疼痛拨通了他的电话。

他们在路边的大排档喝酒，烂醉如泥。他看她醉，看她痴，却看不到她的孤寂和绝望。

"我做你三个月的女朋友，就三个月。"她带着酒意对他说。

他严肃地说："感情里，谁认真谁就输了。"

"如果只是一场奔赴，我竭尽全力，无论是否全身而退，最后的悲伤与你无关。"她说这句话的时候，看到他的眼神里瞬间闪过的惊愕，有男子在用沙哑的声音唱歌，是《梦醒时分》。

这个城市高楼林立，她时常从一个陌生的地方醒来，看着清冷的四围，莫名地感到凄凉。偌大的床，只能承载自己孤独的重量。那个时候，她开始习惯行走，从城市的东头走到西头。看一场华丽的街头表演，守一场一个人的电影，等一个不知何时才会出现的人。

城市很大，她蓬勃而生的忧伤在这个城市的空气里只是一道清浅的云烟。或许爱一直都无关他人。于这份爱，她给它盛世热情，徒留满腹余殇。

离开北京前的一个月，离他们的约定还有一段日子，他已经提前退场。她再没有收到过他的短信和电话。在纪念晚会上，她发信息给他："来看我主持的晚会。"

他很久后回复："好，一定来。"

直到晚会结束，她也没有看到他。舍友拉她吃宵夜，途径附近的公园，里面灯火通明，她看到转动的过山车和尖叫的人群。她想起她唯一一次坐过山车是和他一起。她是一个恐高的人，却甘愿和他在一起挑战自己所有的极限。猝不及防地，她看到他从公园走出来，右手抱着一个毛绒玩偶，左手扶在一个女生的腰际，动作亲密。他们在很近的距离擦身而过，她看到他的视线在她身上停留，眼神略微尴尬，张了张嘴，似乎想说什么。她别过眼神，没有说话。

她认真地看清了旁边那个个子不算高的女孩，不是照片中他的女友。她突然觉得内心疼痛，有窒息的惶恐。她终于知道她付出的盛世热情，爱上的不过是一个彻头彻尾的渣男。可她还爱得这么死心塌地，无怨无悔。

路是自己选的，人是自己爱的，与任何人无关。她用决绝冷漠的眼神结束了这段艰涩的情感。这世上，还有什么比转身更酣畅淋漓，也更悲痛欲绝。

离开北京，他们各自跟着导师做项目、出野外，交集越来越少。偶尔和一大群人吃饭，聊起北京的种种，她总是话语不多。她时常翻出手机里的一张照片，照片的背景是斑驳的城市霓虹，一对情侣模样的男女坐在花坛的边缘对望、微笑。笑容在两个人的面庞晕染开来，和身后的灯光融成脉脉温情。照片是她和他在花坛边玩手指游戏的时候，被一个专业摄影师拍摄到的。离开北京前，她看到这张照片被刊登在一个城市杂志上，她按照片下方的联系方式，问摄影师要来了照片的电子版。在无数睡在帐篷里的夜晚，看着照片，遥望满天繁星，一边努力忘记，一边执着想念。

后来，他们经历了毕业、散伙。听说他去了南方，没有像他说得那样和女友结婚；而她也放弃了继续深造的机会，回到了家乡的小城。他们终究过上了属于自己的生活，无论那些日子是不是自己曾经的渴望。

车在黑夜里颠簸，车窗外没有月亮。五年，那段没有标签的回忆被她细细地丢弃。她记不起离别时候的凄楚，记不起她对他的期许，甚至记不起伤害。

她开玩笑说他是来扫墓的。他笑。

她与他，还有那段没有墓碑的爱与生命，都被安置在彼此心内的孤冢里。经历了无数错落的时光之后，需要的仅仅是祭奠。

到了宾馆，她帮他办好入住手续，陪他进了房间。两个人依旧话很少，偶尔对望，却没有语言。她觉得尴尬，小坐了一会，便说："你累了，早点休息，明天我带你去附近的景点看看。"他无话。她起身准备离开，他突然拉住她的手臂说："留下来。"她慢慢转过头，内心翻涌。

"留下来"这三个字曾经是她多么想说给他听的，她一度那么卑微地去爱着眼前这个男人，抛开尊严，宁可被伤得体无完肤，只是希望他能够留下来。可如今，尽管渴望，她却失去了再次靠近的勇气。她拉开他的手，轻轻笑道："明天我来接你。"

两天的时间，他们游走了这个城市所有特色的小道。这是一个古老的小城，有很多无从考究却历史久远的古建筑和传说，她细心地说给他听。他每到一个庙宇，无论大小，都要进去跪拜、烧香。她笑他："什么时候变成了虔诚的佛教徒。"他说："为了内心的救赎。"说这句话的时候，他的眼睛明亮又深邃，仿佛能够直抵内心。

走累的时候，他们找了个小小的咖啡店休息。坐在餐厅的落地窗旁，窗外微雨打湿了她与他之间的大段空白。她看到他眼神的浓度，充满异数的清晰。她忽而变得忧伤，为什么与他总是会有一些钝重的绝望。

跟他说起西藏，说起那是让她灵魂触动的地方。她记起那个清晰的夜里，无力安眠时，总是听到梵音阵阵。别人说她有佛缘，她淡淡地笑。诞生、死亡、轮回之外，她始终盛放着凡尘俗世的哀伤。于是，她终究被拒绝在莲花之外，无所托付。

短暂的停留，她送他离开。上车的瞬间，她突然想叫住他，给他拥抱，请他留下。最终，还是选择了沉默，一如五年前。她不曾给他任何负累和牵绊，她甚至不让他看到她的殇。车门快速地关闭，然后急急地离开，她再次丢失了语言。她终究把她的念丢在了凌乱里，自此诀别。

清凉的夜晚，她下夜班回家，在巷口看到手机闪烁，是他的短信息。他说：你已经深深刻进我的骨髓。一行短短的字，她突然泪如泉涌。夜，有了声嘶力竭的力量。她终于明白，忧伤的蓬勃是因为她为一个男子改变，而他却吝惜说爱。于是，她倔强地颓废，倔强地破败，倔强地放弃自己。

这个世界，谁是谁的过客，谁成全了谁的孤单，谁又该为谁许诺一世安定和繁华。当那些疾驰而过的爱情以夺定的姿态冲撞碎落时，我们是否还能在阳光里美艳如花。

感情的荒涯，无名冢盛开满地。那些没有墓碑的爱和生命，放荡一时，沉默一世，我们又该如何寻找和铭记。时光里，那些在我们的生命里刻了骨的人，无非是无疾而终。

五年了，她等了很久很久，将自己成全为一尊雕塑，剥离了灵魂。她轻轻删除了他发来的所有信息，内心渐进安稳。

也许此生，她与他，不会再相见。

值得

" 如果有一个人可以唤醒你内心那个封存已久的自己，让你冲动地做一回决定，或许这个人和这个决定都该是值得珍惜的。"

我想漂洋过海去看你

偌大的机场黑暗得像一块幕布，隔绝掉了一切与阳光有关的讯息。星星点点的灯光在空旷的停机坪闪烁，航站楼里灯火通明。飞机在跑道缓慢滑行，一圈又一圈，等待飞行。

她坐在灯光昏暗的机舱里，看着窗外浓重的夜色，突然不知道自己身在何处，将去往哪里。是啊，夜色太黑，前方在哪。

如果正常的话，此刻的她应该在另一个城市，见着熟悉的人，聊着热闹的话题，准备第二天的会议议程。

前两天，她把微信工作群的通知截图给他，他们商量好下周末的见面，被公司突然安排的培训打乱了。他问能不能请假不去，她知道这件事很重要，准假的可能性很小，可她还是跑去请假了。结果如她所想，BOSS（老板）说："除非你可以找到替代你的人。"

她知道没有，这个部门只有她一个人符合培训条件。

她把结果告诉他的时候，他说要不把这周末的会议取消吧，他可以来看她。她有些犹豫，会议是两个月前安排好的，除了同行聚会，她还有很多议程。

他很生气，因为她的迟疑，他觉得她的选择里有对他的忽略和不重视。其实，她也很委屈，他觉得他只在乎自己的感受。两个人在电话里不欢而散。

下班后，她在逐渐暗去的办公室里加班，电脑屏幕闪烁，她拿起手机，没有他的任何消息。她知道他的倔强，如她一般。她放下手机，内心闪过一个念头，或者她可以抛下一切，悄悄去他的城市看他。她被自己突然冒出的这个想法吓了一跳，这还是那个循规蹈矩、做事理性稳重的她吗？在她的思维里，工作一定是最重要的事，至少目前是。更何况，所有的事都是很久之前安排好的，她不喜欢自己的日程被打乱。

可是，当这个想法一出来后，她就再也无法安心工作了。她有些纠结，两个自己在激烈地争斗，去开会循规蹈矩地做自己该做的事，还是放下一切跑到他的城市看他。犹豫间，他打来电话，给她道歉，说自己态度不好，他让她安心做自己的事，只是之后工作会更加忙，再找时间会有些难，不过他有时间会来看她。他的话让她一阵烦躁，她知道他说的是实话，可是想到错过这次机会，他们可能很久见不到了，她就无法平静。她一边和他说话，一边在APP（移动客户端）上搜索第二天去往他那里的航班，还好有一趟直达的。挂掉电话，她退掉之前所有的机票预订，打电话取消了联系好的接机和酒店，又给会议方和老板解释了不能参会的原因。

做完这一切，她关上电脑，准备回家。行程改变，她需要重新准备行李。

一夜无梦。她觉得奇怪，做决定之前，她的犹豫和纠结繁盛肆意，可做完决定后，她竟然踏实地很快就睡着了。手机从手心滑落，砸到她的脸颊，她被惊醒了却又很快沉沉入睡。

起床之后，她再次确定行程，却收到APP发来的消息，她预订的那趟航班被取消了，她只好订了一班中转到达的飞机。半个小时后，她再次收到航班被取消的消息。她有些崩溃，把第一趟航班改成了高铁，为了凑第二趟航班的时间，她快速地吃完早餐，拉上行李出门。

锁门的时候，她对自己说，希望不要再出什么乱子，希望一切顺利。

到了高铁站，她拿出身份证准备取票，身份证却不见了。她打开行李箱，翻遍了所有的包和口袋，依然找不到。看着已经快要出发的列车，和眼前狼藉的行李箱，她缓缓出了口气，心里想："难道，老天在用另一种方式告诉她，她做了一个错误的决定？"

她再次拉动行李箱，从高铁站出来。天空灰蒙蒙的，有细微的小雨飘落，她招手打了一辆车返回，在途中，她发微信给他：为什么，想见你，这么难……

没有了之前的慌张，她淡定了很多，却也坚定了很多。如果之前，她还为这些波折忐忑的话，此刻她却无比渴望见到他，她知道她的叛逆和倔强。如果有一个人可以唤醒你内心那个封存已久的自己，让你冲动地做一回决定，或许这个人和这个决定都该是值得珍惜的。

回到家，她平静地翻遍了所有可能存放身份证的地方，寻而未得的时候，她内心有一丝灰暗，甚至有一点点绝望，却依然倔强地不肯放弃。终于，在一个不常用的提包里，她找到了。再次预订飞机票，将原本下午两点出发的航班改成了下午六点。

第二次出门，她不再慌乱了，她可以用大把的时间缓缓地抵达他的城市，如果一切顺利的话。

到达机场，距离出发时间还有四个小时，值机、托运行李、安检。她在安检的时候又差点丢掉手机，对数字极其不敏感的她找回手机后做的第一件事，就是在便签纸上记下他的电话号码。

候机大厅外，白昼渐渐淡去，她看着偌大的机场，不停地有飞机起落，心里有无限遐想。在很小的时候，她就觉得这个世界上最浪漫的事就是一个人走很远很远的路去另一个城市看另一个人。只是，她丢失过很多次做这件事的机会，也丢失了可以为之做这件事的人。

她很想抱着一大束鲜花去看那个人，飞越几个城市的上空，穿越几条纵横的街道，在一个阳光灿烂的午后等在他出现的街道拐角，带着微笑，看着他错愕的模样，然后扑进他的怀里，给他一个大大的惊喜。

飞机不断地延误，最后在跑道上徘徊，就像不知道自己要去哪里。她想，见到他的时候，她一定要告诉他，她今天的经历一波三折；告诉他无论情绪如何崩溃，她都没有放弃要见到他；告诉他，其实他在她心里很重要，重要到她可以抛下一切只为见他。

夜飞的航班多少带着远离的孤独感，她想，距离在这个时代已经不是问题，只是当你想见一个人而有诸多波折时，你会突然害怕，害怕再也见不到他，就像有时候在梦里，那个人就在你对面，可你怎么奋力奔跑都无法跑到他的身边。

飞机带着巨大的声响腾空而起，她看着前方的屏幕里，不断爬升的高度，五千英尺、一万英尺、两万英尺……她忽然就想起了那首歌《漂洋过海来看你》。李宗盛写过很多经典情歌，《漂洋过海来看你》是他为金智娟量身打造的一首歌。据悉，当年金智娟爱上一名北京男子，这段恋情让金智娟陷入了深深的痛苦中。李宗盛作为金智娟的好朋友听到这段故事之后，一边在店里吃牛肉面，一边在餐巾纸上写出了这首经典歌曲。金智娟在录唱这首歌时，几乎哭到录不下去。

我们对很多歌曲的理解不是在日复一日的翻唱里，而是某个情景，你发现它真真切切地戳中了你的内心。你真的会为了某次相聚，连见面时的呼吸都反复练习，可是从来没有一句话能把这份情感丰满地表达出来，因为这种无以表达的遗憾，让你在夜里辗转反侧，不肯睡去。你真的会因为太爱，连表情都会纠结用得对不对，因为太爱，情绪才会多吧，爱得越深越矫情。或许，我们都该珍惜彼此的小情绪，如果有一天，我们都懒得生气了，估计就不再爱了。

人一直都在你身边的时候，你会以为来日方长，什么时候见面都可以，其实人生是减法，见一面少一面。如果你有想念的人，一定不要隔着屏幕聊天，一定要趁着你还好，他还在，跋山涉水去相见。

治愈

" 各种盘根错节的关联平衡着世界上所有的不安和惶恐，因此有些人到来会不问出处，有些离去亦没有原因。"

被"晚安"圈养的人

如果此刻说"晚安"还有些早的话，就将这句"晚安"带到你入梦的时候吧，晚安。

这是我的一档晚间节目固定的结束语。

我是一个给夜未眠的耳朵们说晚安的人，这是我以为我的声音存在的最大意义。很多听众留言给我，感谢我给予了他们很好的睡眠。有听众说，他每晚都会播放我的声音，给APP设置了自动关闭功能，节目结束的时候，他也差不多睡着了。

只是，我却时常在夜里失眠，有时候会半夜惊醒，醒来看表时针总是稳稳地落在两点二十，然后再也无法入睡。严重的时候，一晚上只能断断续续睡两三个小时。我躺在床上，看天空逐渐发白，思绪钝重得模糊一片，却依然无法睡去。遇到放假的时候，晚上我就会起来做节目或者看书，索性过上黑白颠倒的日子。

朋友煞有介事地说，万事万物皆是平衡，你把晚安都带给了远远近近的人了，才会睡不好，你需要换一个人每天给你说晚安，这叫平衡补偿。我笑她，天底下那么多在夜间主持节目的主播，那不是个个都要找个专门给自己说晚安的人负责平衡吗？

很多睡不着的时候，我也会好奇地打开节目，尝试用自己的声音催眠自己。只是，这个被耳朵们认为很有效的入睡良药，对我却完全无效，甚至还有明显的副作用——越听越清醒。

"晓希，有些话不知道该给谁说，你只当我找了一个树洞，看完删掉吧。我失恋了两年，听你节目也两年了。每个心里疼痛睡不着的夜晚，你的声音都在我耳边陪伴。我甚至不用听清你在说什么，只要有声音响起来，就很安心。"

某天夜里，说完晚安，我在黑夜里等待困意袭来，手机屏幕忽然闪动，一条留言出现在微信里。我正准备回复，看到微信提示——对方正在输入中……我停了停，又有一段话发了过来：

"我用了两年时间慢慢习惯没有她的日子，可是今天她结婚了，我才发现，那些一直以为可以被遗忘的情节，竟如此刻骨铭心。我今晚很乱，想了很多我们之前的种种，想起她曾经甜蜜地依偎在我怀里，让我娶她的模样。誓言不都是海枯石烂的吗？为什么我们之间的誓言比风吹过的沙尘消失得还快？"

我理解一份感情在努力遗忘的过程里，突然被某件事激起时的反复和纠结。我回复给他："你们分手两年了，她是否结婚、和谁结婚，和你已经没有关系。你们没有错，承诺也没有错，只是承诺只能代表那时那景。不要尝试对比，没有对比就不会有伤害。"

就这样，我开始听他缓缓讲起他们的相识、相知和相恋，以及最后分手的经历。他们的感情遭遇了两家人的反对，在双方家长参与的一次会面中夭折。那次见面，双方吵得不可开交。他说，当大家撕破脸吵翻天的时候，他发现爱情在现实面前是那么不堪一击，那些往昔的甜蜜、浪漫都变得无趣、多余，没有一点意义。或许，爱情本该是天上才有的，跌落人间后就会变得丑陋不堪。

我安慰他，这只是个例，很多爱情在尘世烟火里活出了另一番味道。

……

他断断续续地说，我认真地听，偶尔回复一下。凌晨一点倦意仍迟迟不肯来，思绪也变得越来越清晰。他还在缓缓讲述着，像是自说自话，又像是在询问我什么。我不再回复，努力让自己入睡。直到凌晨三点，他发来最后一条信息：

"晓希，絮絮叨叨地说了这些，虽然不知道你是不是会看，还是要谢谢你，这两年我不愿意倾诉，不愿意打开内心，可是无端地想要说给你听，或许你这里有我要的安全感。你每天跟那么多人说晚安，今天让我跟你说一声晚安吧，好梦。"

当我的意识逐渐模糊的时候，我隐约记得回复了"晚安"两个字，点击了发送。奇怪的是，听了这句晚安之后，我竟然安稳地睡去了。

从这以后，每天清晨或深夜，我都会收到他发来的早安和晚安。他没有再讲述自己的故事，偶尔会用微信发一些自己的状态照，告诉我他在做什么，心情如何。大多时候，我看完后就关闭了，有时候也会好奇地问他一些问题。就这样，我们的聊天记录从一页变成了两页，直至更多，可以分享的话题也从节目内容到他每天的日常。

他的情绪似乎也逐渐平稳了起来，对过去的惦念也能逐渐淡然，偶尔情绪不好的时候，会发一大段感慨。大多时候，我都只是做一个静默的听众。每天的"早安"依旧在清晨六点左右的时间出现在我的微信里，只是"晚安"的发送时间越来越早了，从凌晨两点到二十四点，再到现在的二十三点左右。某天刚发完节目，他留言给我："晓希，你的声音治愈了我，我想我已经和失眠彻底告别了，最近的状态越来越好，谢谢你。"

这样的表达总让我觉得安慰，只是合上手机，我却陷入无边的焦灼里。这几天工作量很大，每天的忙碌让自己喘不过气，失眠以更猛烈的气势席卷而来，有时候会一整晚睁眼到天亮。

这天，凌晨两点二十分，我再次醒来，困意照样全无。百无聊赖，发了一条朋友圈：如果有一种失眠连我的声音都无法治愈时，那一定是病入膏肓了，后面附上了我最近更新的一期节目。

几分钟之后，他发来微信语音邀请，我疑惑，聊天这么久，都只是文字交流，从未想过要打电话或者语音聊天。正犹豫着是否要接听，语音邀请断线了，房间再次回到了一片黑暗中。很快，他发来信息："还没睡吧，方便的话，接听我的语音，我们说说话吧。"随后，语音邀请再次发来。

接通之后，我还未来得及出声，话筒里低沉的男低音缓缓传来，带着淡淡的南方口音。

"失眠了吗？"

"是啊。"

"你治愈了那么多失眠的人，没想到自己却是一个失眠症患者。"

"这好像没有必然联系吧。"我自嘲地笑笑。

"或许，你需要一个给你说晚安的人。"我惊讶他的话竟和朋友说的出奇一致。

我解释说："不会啊，很多听友都会发信息说晚安的，这个没什么因果关系。"

他说："说得再多，如果不能入心当然不会有用。你知道吗？如果你经常失眠，说明你内心是不安稳的，你的担心、难过、焦虑都会让你失去好的睡眠……如果有一段时间，你发现自己的头一挨枕头就会睡着，这样的状态是有多幸福，说明你每天都是充实且安稳的……其实，一个能让你踏实入睡的人是值得爱的……"

他说得有些凌乱，到后来声音渐渐淡了下去，我猜他又想起了一些过去的桥段，陷入了无端的回忆里。

我没有说话，任凭他自顾自地回忆。

片刻的安静之后，他突然说："我念文章给你听吧，或许可以帮你助眠。你等我，我找一本书。"

电话里传来刺啦声，接着，脚步声由近及远，再由远及近。

他开始低声诵读。他的声音很好听，略带沙哑的颗粒感让声音透出几许沧桑，淡淡的南方口音读起文来，别有一番味道。

"我想把脸涂上厚厚的泥巴，不让人看到我的哀伤……"是迟子建的

《世界上所有的夜晚》。

我一直都很喜欢迟子建的散文，节目里会挑选一些来播读。第一次听别人读给我听，我的内心闪过了瞬间的奇妙感觉。有时候，主播和听众或许也只是一线之隔。更奇妙的是，我在这样的诵读里，竟然变得异常轻松，渐渐睡去。

醒来的时候，天空已经发白了，微信语音依然是接通的状态，电话那头沉默无声。

接下来的半个月，他总会在夜晚十一点左右发语音过来，或者和我聊聊当天发生的事，或者说说他看过的一本书，最后会读一段文字给我听。有时候是迟子建，有时候是萧红，有时候是张爱玲。

我逐渐开始依赖一种声音的陪伴，它像冬日里照进窗户的一道阳光，像黑咖啡里晕染开来的白色纯奶，像寺庙里袅袅飘过的一缕暗香。我在这样的陪伴里，沉沉睡去，连做梦都很少。

我有些好奇，自己在入睡之后他在做什么。每次问他，他都笑而不答。我又问他，我睡着了，为什么不关掉语音呢？他说，这样开着，就好像没有距离，让我更有安全感。

可能是睡眠充足的缘故，工作做起来也有了信心，并且越来越顺手了。我感谢这份恩情，却始终没有机会说谢谢。

他有时候会说："你知道吗，你也是一个孤独的人，内心封闭，缺乏安全感。"

我惊讶平时很少说话的我，从哪里泄露出了这些内心的秘密。在我们的聊天里，我大多是一个听者，偶尔涉及个人的事，我总会绕道而过。可能是做主播太久了，习惯了倾听，已经遗忘如何去表达。

终于可以睡一个整觉了，有时候我甚至一挨枕头就能睡着。以前，我两三天就能看完一本书，现在每天制定的睡前阅读计划都没有机会实现。我格外珍惜这份来之不易的睡眠，只有长期被失眠所困的人，才会理解能安然入睡的珍贵。

半个月后的一天夜晚，他没有给我发语音聊天的邀请，我竟有些不安。我想出了无数个可能的理由：在加班，和朋友有应酬，生病了……我想发微信问问他是否睡着了，几个字打上去又删掉了，再打上去又删掉了，反反复复，最后索性关掉手机，闭上眼睛不再想。

我悲哀地发现，我成了被"晚安"圈养的人，没有固定的"晚安"我竟然无法入眠。我担心再次回到过去整晚睡不好的状态，越担心越焦虑，越焦虑越睡不着。那晚，我再次眼睁睁地看着天边逐渐泛白，朝霞万里。

从那以后，他再也没有发微信过来，他的朋友圈不知道是设置了权限还是全部删除，什么都看不到了。我突然发现，我竟然一点都不了解他，他是谁，叫什么，哪里人，做什么工作，我一无所知，除了微信，我不知道该如何找到他。我想发微信给他，可是终究没有勇气，我开始怀疑，那段失眠且互相陪伴的夜晚是不是真的存在过，暗夜里敲打耳膜的低声细语、近在咫尺的沉沉呼吸、百转千回的故事，都消失了，他像一阵风一样飘忽而过，甚至没有留下丝毫气息。

我的睡眠在一周之后，又恢复了正常。我想起了朋友说的"平衡补偿"，或许她是对的。这个世界，在相同的时间，不同的灯火里，总有一些人和你有相同的心境，你们因为心跳、呼吸和思绪而发生着千丝万缕的联系。各种盘根错节的关联平衡着世界上所有的不安和惶恐，因此有些人到来会不问出处，有些离去亦没有原因。

我依然在每个夜里，给不眠的耳朵们说晚安，我努力让自己的声音传到这个世界上所有未知角落里，那些无法安放的睡眠，就像我也曾经被这样的声音恩宠过。

晚安。

男闺蜜

" 沉默地选择自己的路，沉默地喜欢一个人，不会有其他人知道。他的内心丰盛蓬勃，可是外表却几近荒芜。**"**

048

那一年，我沉默着绝口不提爱你

在坤的微信群里，大家正在热火朝天地聊着"男闺蜜"这个话题。对这个话题，坤很沉默，却有着极大的兴趣。

阿亮扯着嗓门在群里喊：哪有什么男闺蜜，只是以闺蜜的名义完成着男朋友应尽的义务，却没有男朋友应有的权利。

这句话戳中了坤的心事，坤对阿亮有了重新的认识：没想到一向肤浅的阿亮竟然有这么深刻的认识。群里一阵嘲笑，说阿亮说的就是自己。坤放下手机，轻轻叹口气，闺蜜本是亲密的朋友，只是这男闺蜜和男朋友之间，却仿佛隔着万水千山。

坤就这样心甘情愿地做着笑笑的男闺蜜。一起出去集体活动，笑笑会大方地介绍坤：这是我男闺蜜，大家多多关照啊，一边说一边揽着坤的肩膀，漂亮的眼睛笑成一弯新月。每每这个时候，坤就笑笑，不置可否。

坤不喜欢"男闺蜜"这个头衔，尽管他知道，除了这个不知被哪位聪明人发明的称呼外，没有更好的词语可以形容他和笑笑的关系了。

笑笑是个爱笑的姑娘，笑起来眉眼弯弯，像个洋娃娃。人多的时候她叽叽喳喳像个小麻雀，根本停不下来；面对初次见面的人，她也能让对方神清气爽。她的性格极端粗线条，今天丢个手机，明天忘拿钥匙，无论何时何地，只要笑笑一声大叫"坤啊——"，坤就知道这小姐又丢了什么宝。于是，坤常认真地跟笑笑说："你万一哪天把自己也丢了，可怎么办？"笑笑总会眨巴着大眼睛说："这不还有你嘛。"

毕业后，坤放弃了父母在小城安排的工作，执意留在这座城市，为了心中那个叫作梦想的东西。蜗居在一个两居室的小卧室里，窗外除了窗户，还是窗户。无事可做的时候，他会站在窗口发呆，虽然视线被碰得七零八落，他还是会执着地看出去。似乎穿过这一道道窗，就能看到他的未来，那个被自己想象过无数遍的、美好的未来。

笑笑是在坤一个人安静地住了两个月后搬进来的。那天是个周日，百无聊赖的坤正把自己整张脸埋在泡面桶里，泡面的味道穿过半开的房门弥散在整个房间。"呀，好香的泡面，饿死了！"笑笑就在这个时候，拎着一个超大的行李箱，和她的声音一起磕磕碰碰地闯进坤的视线。

因为负重的缘故，笑笑的五官吃力地拧在一起，脸颊泛红，一边微微喘着粗气，一边大声喊："帅哥，劳驾帮帮忙好吗？"坤微微皱起的眉头在看到笑笑那双弯弯的眼睛后舒展开来。他迅速地跑了过去，接过笑笑手里的大箱子，拎到他隔壁的房间。第一次见面，笑笑就理所应当地享用了坤这个免费劳动力，当然，还有他的泡面。

笑笑是他租住的小区外，一所知名大学的毕业生，因为第一次考研惨败，不服气的她决定留下来再战一年。这个小小的合租房因为笑笑的到来而变得热闹起来。笑笑时常穿着大大的T恤，在各个房间无障碍地通行，当然也包括坤的房间。

她会跟坤大声地说话，笑声肆无忌惮地碰翻这房间里所有的寂寞。偶尔笑笑也会煮饭吃，虽然厨艺只能达到吃不死人的级别，却让这小小的房间里多了些许烟火气息。笑笑穿着睡衣在厨房忙碌的时候，坤总会在旁边看，看着看着就有了一种恍惚的幸福感，是那种类似"家"的感觉。

笑笑爱闹，上完一天自习回来后，总要赖在坤的房间里闹腾一阵。说说在教室里见到的奇葩情侣，说说今天复习的内容，说说图书馆里常见的帅哥穿什么衣服。说到高兴时，她会笑得前仰后合。笑笑的笑总有这样的魔力，能让听到的人感受自己内心渐封的纯真，会情不自禁地跟着一起笑。有时候，经过一天工作后的坤很疲惫，可是他还是会耐心地听着笑笑将这样的晚间节目持续到午夜。实在熬不住了，坤会赶着笑笑回到自己的房间。被推回房间的笑笑意犹未尽，十分不情愿地大声嚷嚷："拜托，我还没说完呢。"

坤捏捏笑笑的鼻子说："早点休息，明天早起，然后拉上房门。"

坤和笑笑的房间隔着一堵薄薄的墙，被赶走的笑笑气愤不过，总会拿高跟鞋细长的鞋跟在墙上敲几下。清脆的声音在坤的头顶响起，他会立刻用手指按照同样的节奏敲回去。本来是笑笑刻意用来打扰坤睡觉的，后来却成了他们互道晚安的方式。临睡前，固定的两声代表晚安，然后两个人各自睡去。笑笑失眠的时候，两个人会一来一回，没完没了地敲下去，有时候紧凑，有时候舒缓，就像是在聊天。坤很享受每晚这个时候，偶尔他会用不同的速度把自己想说却说不出口的话，用这种特殊的方式传递给笑笑。与其说是在和笑笑聊天，不如说是坤在和自己心底的秘密说话，那个被自己藏了又藏，生怕被发现的秘密。

坤也会和笑笑的同学一起吃饭，当然每次都是坤买单。笑笑介绍坤的时候，总会把坤吹得天花乱坠，什么善解人意，什么单身高薪，什么高大帅气，最后还不忘做一个广告，诚招同样善解人意的女朋友啊，有动心的妞联系我，说完就自顾自大声地笑。

每到这个时候，坤就特别"恨"笑笑，"恨"她自作主张，"恨"她没心没肺。有一次，笑笑的女同学喝多了，大声地问坤："你是不是喜欢笑笑呀？"被问得这么直接，坤有点儿窘，微微红了脸。女同学继续说："看啊，脸红了，被我说中了吧，哈哈哈……"坤看到笑笑一直看着他，似乎也在等他的回答，那句"我就是喜欢笑笑"从心里冲出来，却在出口的一瞬间变成了"怎么可能"。周围的人不怀好意地笑起来，坤看到笑笑也在笑，突然就很恨自己，为什么连一个"喜欢"都说不出口。

更多的时候，坤还是喜欢和笑笑待在合租房里，纯粹的二人时光很美好。因此上班外的大部分时间，坤都会宅在家里"邂逅"笑笑。七夕节晚上，坤加班，夜班回家已经是晚上十一点了，一路都是卖花的小摊，大街上成双入对的情侣相拥前行，街边的小店里巨大的落地窗印着男男女女互望的眼神，烛光摇曳，霓虹闪烁，坤也不禁被感染。这个城市能温暖你的不是多体面的工作，不是多高的收入，而是温暖的灯火里有可以对望的眼睛。有小姑娘跑过来卖玫瑰花给他，他笑着拒绝：谢谢，我不需要。小姑娘很执着，买一枝吧，就是没有女朋友，也可以送给自己啊。坤想起了笑笑，买下了一枝红玫瑰，放进衣服口袋。

回到家，坤刚准备转身关门，笑笑就从房间里冲出来，一巴掌拍在坤的背上：你怎么才回来啊？和女朋友过节去啦？我一个人好孤单，那些没良心的都约会去了……

坤没有说话，手从衣兜里掏了半天，掏出一枝玫瑰花递给笑笑。花已经被压得面目全非了，被拿出来的时候花瓣还掉了几个，笑笑接过惨不忍睹的花，"噗嗤"一下笑出声来。坤赶紧解释："小姑娘非塞给我的，我看她也不容易，就买来安慰一下你。"笑笑说："你至少也用一朵完整的花安慰我啊，这也太寒酸了吧。""那我明天送你一个好的。"坤说着想拿回玫瑰。

"才不呢。"笑笑转身跑开，找来一个矿泉水瓶子盛满水，把花放了进去。

看着花被笑笑放在房间各个角落比划着，最后放在客厅的茶几上，坤觉得很安心。

国庆长假，坤拒绝了同事一起外出的邀约。他早已安排好这几天的活动，陪笑笑上自习、郊游，带她去她喜欢的花草街，吃一顿她喜欢的海鲜，想想都觉得是一件幸福的事。只是，他的美好愿望被一扇紧闭的门生冷地拒绝了。这之后的几天，笑笑像消失了一样，房间里不再有她上蹿下跳的影子，房门被上了锁。一起消失的还有每晚特殊的晚安语，坤开始失眠了。

从什么时候开始，他已经不再适应一个人在房间里的孤单；从什么时候开始，听不到对面敲打墙壁的声音，他已无法入眠。

百无聊赖的时候，他还是会看向窗外，只是看到的除了越来越缥缈的未来，就是笑笑微红的脸颊和笑起来弯弯的双眼。

假期结束的前一晚，正在房间里吃泡面的坤听到开门的声音，猛的一激灵，他心跳加速。他快速放下泡面冲出门，"你去哪里了，怎么电话也打不通啊？"话音未落，却看到一个文质彬彬的男子伫立在门口，笑笑依偎在他的旁边。看到冲出来的坤，笑笑忙介绍："这是我男朋友。"然后指指坤跟男子说："这是我闺蜜。"男子很有礼貌地点点头，拉着笑笑进了房间。

"这是什么人啊，你了解吗？安全不安全……"房门被关上的一瞬间，男子的声音传了出来。留下坤，石化在原地。

在男朋友住进来后的几天里，笑笑画风大变：说话柔声细语，笑不露齿，走路恨不得用小碎步，对男朋友言听计从。尽管如此，还是常常听到男朋友不满的抱怨："你怎么吃这么多？""垃圾食品，赶快扔掉！""多用点心复习，好吗！"

周末出门的时候，男友偶尔也会邀请坤，三个人一起吃饭、逛街。本来话就不多的坤，更是寡言了。除了帮笑笑和男友照相、抢着买单外，坤没有一点存在感。

几天后，男友走了，笑笑又恢复了常态。笑笑说，男友是某高校的研究生，是她再战一年的终极目标。男友比较喜欢书卷气浓厚的安静女生，所以，自从两个人恋爱以来，只要男朋友在，笑笑就会变成另外一个人。捧着很厚的书，画精致的妆，说话小心谨慎。

听笑笑讲这些的时候，坤忽然有些心疼。一个人，该是有多投入的去爱另一个人，才愿意收起自己的所有习性，努力变成对方喜欢的模样。

过了十月，考研的日子越来越近了，一向乐观的笑笑沉默了许多。坤早上上班的时候，笑笑已经抱着一摞资料上自习了，坤晚上回到房间的时候，笑笑还没进门。有时候，笑笑会彻夜不归，清晨才顶着熊猫眼回来。临睡前，坤总会把房间走道的壁灯打开，客厅的桌子上放一杯蜂蜜水。坤再也没有听到隔壁敲打墙面的声音，那句清脆的"晚安"也成了坤每晚的念想。

这就是坤。沉默地选择自己的路，沉默地喜欢一个人，不会有其他人知道。他的内心丰盛蓬勃，可是外表却几近荒芜。他把外面世界的所有信息都内化成心底的一片海，任是波涛汹涌，在外人的眼里也是一汪宁静。他有节制地喜欢着笑笑，多做一点都害怕被察觉。

笑笑考试那天，坤加班，回到家已经是晚上十二点了。打开门，房间里漆黑一片，零零碎碎的月光清浅地铺进阳台，落地窗外是渐渐淡去的人间灯火。他看到笑笑坐在阳台的地板上，手指间有明明灭灭的光。他从未见过笑笑抽烟，动作熟稔颓废。这个女子，还有什么是他所不知道的，坤想。

笑笑满腹的心事就在这一明一灭里燃烧，发出呛人的烟火气息。坤没有开灯，借着月光冲了一杯蜂蜜水，轻轻走到笑笑旁边，坐下。将水杯递给她。

笑笑说："你看，今晚月亮真好。"

"是啊。"坤应和。

"如果这次考不上，我们就只能分手了。"笑笑幽幽地说，"这是我们的约定。"

"一定可以的。"坤安慰道。

"感觉不是很好。"笑笑淡淡地说。

这个夜晚，他们很晚才睡去，一个天生寡言的人和一个因心事而沉默的人，就这样在月色里无言。睡前时刻，坤又听到了久违的"晚安"，两声清脆的敲打墙面的声音，坤也回复过去。只是这一次，他没有回复相同的内容，而是先敲了五下，停顿，再敲两下，然后……就没有然后了。

他想说"520"（我爱你），可是，这个"0"却不知道要怎么表达。坤犹豫了很久，之后是长长的沉默。

她会懂吗？坤在心里轻轻的想。

笑笑的感觉很准，她再次失败了。

笑笑打电话告诉坤结果的时候，坤正在为一个重大的工作失误挨批。最后，老板扔给了他一份解聘报告。坤回到办公桌前，突然觉得释然。这个城市太大了，可以盛放很多人的梦想，只是大多梦想都飘摇而过，最终不知去向哪里。母亲打来电话，问他工作忙不忙，过得好不好，他一直沉默。

母亲等不到回答，轻轻地叹了口气，"过的不开心，就回来吧，这里有家。"说完，挂了电话。

也许是吧，我的家从来就不在这里，坤想。

去火车站的时候，笑笑和坤各自提着一个大大的行李箱，箱子里是这一年多零散的时光，和被打包回去的理想。两个人在相同的时间，即将去往不同的地方，一个向西，一个往东。在候车大厅分开的时候，坤看到笑笑红了眼眶。他们都曾因梦想而短暂停留，如今，又要因梦想的破灭而各奔西东。

坤说："回去也要加油，争取考到他身边，你们会幸福的。"

笑笑点点头。

两个人互道再见。在即将转身的时候，笑笑突然说："那晚我一直在等你最后一个字，后来才发现自己好傻，零就是没有，没有的东西，又怎么等得到呢？"说完，一串长长的泪珠划过她微微上扬的嘴角。

那么，再见。

搁浅

" 所有一切，因为没有答案而搁浅。 "

不肯被翻起的往事

至今为止，唐留给我最深的记忆就是几张明信片。这些明信片是从不同的地方寄来的，有伊宁的牛群和腾起的渺渺烟尘，有额济纳的胡杨林和金黄的树叶，有和田的努尔牧场和远方的巍巍昆仑，有通往阿拉山口的笔直公路和转动的风车……我知道那几年他一直在新疆的各个地方奔波，做地质考察的他始终都有一种对专业的执着和信仰。

我们是在北方一所大学的教室里认识的。上概率统计课，坐在旁边的他转过头问我借课本，一脸冷酷漠然。我一直介怀他拿走书的时候连一句谢谢或者一个微笑都没有。他翻看了一会，下课铃响起来。他拿起笔，在我的书页上写下了他的电话和姓名。把书递给我的时候，依然没有任何表情。我耸耸肩，未置可否，拿上书匆匆离开。

后来，我们常在教室、报告厅相遇。他的话很少，却干脆简单。只是，相处的时间长了，我竟然喜欢上这种不需要处心积虑想话题的相处模式。我们可以待在一起一个小时也不说一句话。没课的时候，我们会约好一起去图书馆，直到月朗星稀，偌大的图书馆逐渐空无一人，才被催促着离开。回宿舍的途中，我坐在他的单车后座，微风拂面，心情和圆月一样满。夜风里，我小声哼一些歌曲，他一边用力蹬车，一边说听不到，大声唱。于是，我扯着嗓子放声高歌，歌曲被磕磕碰碰地唱出来，已经找不到调子。两个人笑到不能自已。

我是一个沉默的人，在他面前却愿意透露自己的心事。我们常常坐在高高的坐台上，对着天，聊起过去。那些心底里不肯被翻起的往事，流水般划过，最终也变得了无痕迹。

我一直觉得，唐对我应该是有好感的，凭着女孩子的直觉。可是他却只字不提。于是，两个人的沉默锁住了一段水柔心情。直到某天，他把美丽的水晶挂链放在我手心，满心期待地看着我。我生涩地拒绝了，自始至终不敢看那双期待答案的眼睛。困窘中，两个人再次沉默。他终是宽容地释放了我的尴尬。所有一切，因为没有答案而搁浅。

我至今记得，我曾在一个寒冷冬日里收到了他的明信片。两个少年在古老的胡同里跳舞，画面朴素，可少年的表情和身姿却十分优雅，黑白页面里是生活的态度。明信片背面，有两行简短的句子：按想法去活，或者，按活法去想，选择其一，坚持，并享受选择。

那时候，我放弃了学业，离开了本来顺风顺水的轨道，执着地想要改变自己的生活。可是在新的环境里，人际、出口却让自己变得迷茫。

这种境遇，千里之外的他依然懂得。

后来，我知道他常在周六晚听电波彼端的我说心情。

后来，我知道他寻到了我的博客，常常会轻轻地来，悄悄地走，偶尔匿名写下温暖。再后来，我知道他已然有了自己的幸福。

我该释然了。

失忆

如果，我们没有了回忆

这两年来，我越来越觉得记忆不如从前了。刚收拾好的物品，转眼就忘记放在了哪里。路过某个街角，有熟悉的音乐传来，本来脱口而出的名字却绞尽脑汁也想不起来。总有听友在后台留言：晓希，你某某期节目怎么找不到了。对于那期节目的内容我却觉得陌生，有几次很笃定地回复：应该不是我的节目，可后来却又被告知在我的专辑里找到了，我只好不好意思地说抱歉，因为时间太久了。

我曾发生过一件很糗的事。参加同事的婚礼，邻座是一位女同事，见面就熟络地和我打招呼、聊近况，可我却始终想不起对方的名字。在婚礼进行中，按照风俗，有人拿来红纸要每桌参加婚礼的人写下自己的名字。轮到我写的时候，邻桌的同事要我也帮她写一下。我当时就感觉很尴尬，总不能告诉对方：抱歉，我不记得你叫什么了。情急之中，我说：还是你自己写吧，你看我的字这么难看。同事还在坚持：没事，不要紧的。我东倒西歪地写下我的名字就赶紧递给她，说：写名字可不能将就。同事无奈，接过纸和笔，我长长地松了一口气。

有段时间，我感觉很恐慌，害怕母亲问我，你把某某东西放到哪里了；害怕朋友指着大屏幕问我，这个明星叫什么来着；害怕突然需要一样东西，却始终不记得在哪里见过。那种拼命想，拼命想抓住一点蛛丝马迹的努力，最后却变成徒劳的感觉，很无力，甚至有一点点绝望。我想自己是未老先衰了。

后来，我开始尝试把所有待办和需要记住的事情写在本子上，在特定场合需要遇见陌生人时，心里默默地将对方的姓氏和单位一遍一遍地记忆，就像小时候背课文一样。每记下一个陌生号码，我都会在备注栏里详细写上很多附加信息，以帮助自己记忆。

直到有一天，在一个闲暇的午后，朋友瑶瑶说起很多年前一些晦涩往事，她问我：你还记不记得那时候的焦灼，现在想来都觉得一片灰暗，很绝望。我想了想，摇了摇头，很木然地说：不记得了。她瞪大眼睛，一副不相信的表情。

我是真的不记得了。那些曾经一直想要忘却的东西，那些一直刻意回避的桥段，那些以为一直都不能释怀的人，如今也能云淡风轻地说起，心底再也没有一丝涟漪。以为此生可能都不会原谅的人，原来也会淡薄得记不起对方的姓氏。没有记忆，就不会有伤害，就像很久前的一个伤疤，本想看看伤口愈合得怎样，却怎么都找不到痕迹。

人在受到外部刺激后，会出现选择性失忆，遗忘一些自己不愿意记得或者逃避的人或事，在感情里亦然。当这些人和事激烈地冲撞我们的情感、感官，甚至身体的每一个细胞，并超过载体所能承受的最大限度时，我们的情感就会启动自我保护机能，弱化刺激带来的痕迹。因此，很多刻骨铭心的情感，不能遗忘的不是感情本身，而是在这段感情里那个委屈得如同小孩子的自己，而我们也不是多么珍惜那段感情和那个人，只是难过我们弄丢了这个内心的孩子。

很多听友跟我说：晓希，我失恋了，我忘不了他，我该怎么办？

其实，你总会淡忘的，只是你失恋得还不够久而已。如果你不是见一个爱一个，爱一个换一个的人渣，失恋肯定是会难过的，全天下的失恋都是如此。失恋初期，你想用遗忘来狠狠报复那个丢下你的人，可是这个时候的遗忘是最不可能发生的。你越克制，就会越想念，越想忘记，就越忘不掉。顺其自然，该想念的时候想念，该憎恨的时候憎恨，该哭泣的时候哭泣，这才是表达情绪的正确方式。情感如若没有正常的宣泄，就会失去健康，留下病灶。

沙滩上棱角分明的砾石，在潮汐的浸润和冲刷下会逐渐变得圆润。一段感情也如有棱角的砾石，不断地被想起，遗忘，再想起，再遗忘，那些如厉刺一般的情绪也会逐渐变得平和。你要相信自己的修复能力和内心的强大，他们会帮助你变得更好。

都说回忆才是对一个人的定义，如果我们忘记了曾经，过去的那个自己是不是会变得不再饱满。事实上，我们不会全部忘记，我们会感念和他在一起的诸多美好，会心平气和地想起他曾为你做过的一餐饭，买过的一束花。只是，他最终活成了你看过的一部电影里的男女主角，虽然也会牵动情绪，却只是一场电影而已。如同，我会清晰地记得孩童时候念过的唐诗，记得和玩伴一起玩耍过的小池塘边那朵艳丽的莲，甚至记得某个雨后那道绚烂的彩虹。或许，人会有选择性地记起那些能让自己愉悦的事，而有保留地遗忘那些让自己难过的经历。这也算是对自己的保护吧。

我逐渐开始享受遗忘带来的感觉。同学聚会的时候，听他们聊起过往，就像重新认识一个全新的自己，并试着揣测那时候自己的心思，想象那时候的生活。我的每一天和过去不再有无奈的纠葛，我发现，每一天都是新鲜的。我不再纠缠于琐碎的情绪变化，前一秒钟的不快乐，后一秒竟然找不到失落的缘由。

我想，我该是快乐的，希望你也一样。

凋零

“ 是谁说，爱情是糖，甜到忧伤。可后来，悲伤却不露声色地
侵袭到我的瞳孔。 ”

有些爱情，注定了彼此遗憾

那天，在电话那头，Vivian（薇薇安）请我帮她写一篇文章，以这种可以释怀的方式，或是纪念，或是终结。

我答应了。

写完。我的头脑胶着，恍惚得不能自已。

"年轻的岁月，爱情轻言轻伤。纵使剑拔弩张，血流成河，时光之后的我们，需要的，也只是偶尔的祭奠。—— 晓希"

灯光亮起，电影散场。

"疯了，累了，痛了，人间喜剧；笑了，叫了，走了，青春离奇……"王菲的声音，依然清亮。如同一阵清风，撩拨着每个人的青春。我在人群的晃动里，轻易感伤起来。

细微的声音在耳边嗫嚅，像琐碎的陈述。陈光旧影，是弥散在这个季节的颓靡。于是我想起，一路走来的眉眼里，爱情，一望无际。

在某一个时刻，我会忆起那一场打马而过的青春……

我记得他的眉目，充满异数的清晰。

我们在学校广播站认识。他来应聘，我就这样在不经意间，撞见一个眼神。干净的男孩，好看的模样，眉宇间清浅的忧伤。

我感觉我要窒息了，对面的男子长相如此清冽，却隐着温柔。

在彼此目光相接的一刹那，我看到生命里一场欢愉。我知道我们已等待或者被等待了许久。于是，触礁，搁浅，不再远行。

第一次的爱情，青涩，热烈，小心翼翼而又一往而深。我在这段纯粹的光年里，嗅到蔷薇花香。

每次面对他，我总是乱了表情，乱了心跳。想要若无其事，却被一览无余。他拉着我的手，有踏实的敦厚；他吻着我的唇，干净而清甜。

我喜欢他从身后浅浅的环绕，贴在脖颈的唇角留有温度。我依恋他看我的眼神，那注视是不动声色的疼惜，那目光是直抵骨子里的温柔。

那个冬天的夜晚下了很大的雪，晚自习的时候他一直在教室外等我，静静的。直到同桌喊我，我才抬头，看到他。

至今，我都记得那个场景。在清冷的夜里，一个男子完美的侧影，没有惊扰，只是安静。仿若一个被框住的画幅，时光静好，生命恒久。

我欣喜地冲出教室，跟着他到了操场。雪停了，月亮悬挂，耀着暖黄的光，像极了孩童时含着糖果睡觉做得一场美轮美奂的梦。

夜晚的校园很安宁，厚实的雪在脚下清晰有声。我们就这样走着，他在前，我重复着他踩出的脚印。有细碎的雪沫飘在他脸上，心，混淆，沉迷。

他要我闭着眼睛走出一条直线，我听话地闭上眼，小心翼翼地走着，他却悄悄等在前方，猛然抱住了我。

我被这突如其来的拥抱惊得慌乱，却终究在这温厚的甜蜜里沉沦，从骨骼，从内里。

那个时候，日子总是那么饱满而鲜活，爱情在青春的岁月里别开生面，活色生香。

是谁说，爱情是糖，甜到忧伤。可后来，悲伤却不露声色地侵袭到我的瞳孔。我喜欢承诺过的情感有所去处，即使那个地址遥远。两个人的风景，两个人来回，没有旁观。

只是，艰涩的岁月，他没有懂得。

她出现在他的朋友聚会上。她不漂亮，肤色惨白，听说小时候被强暴，失去了半截拇指。

他们是同班。我同情她，全心全意地信任他。

只是，后来她弥补了所有我不在他身边的空白。后来，在一次全班聚会上，他喝醉了，她扶他到了自己的出租房……

后来，他说他会对她负责；后来，他不敢再面对我。

在若无其事的午夜，若无其事地受伤。我听到身体连同灵魂凋零的声音，内心胀满失落的忧伤。

我想象某些迷醉的纠缠，欲望招摇，却发现这样的想象是可以吞噬内心的。

我以为我们会在一起，以天荒地老的姿势。我以为最干净的时光可以盛放最纯净的欢爱。

只是，经历沧海的爱情最终不过是一亩薄田，一场暖黄色的幻觉。

电影的情节。多年前，医院。阮莞陪女孩做流产，陈旧的画面是为背叛而准备的。多年后，依然在医院，阮莞被女伴陪着做流产，艳丽的画面，却写满绝望。

旧时新景，影像重叠浮凸，唯有爱情掷地有声。如果时光倒转，我不知道自己是否会像电影片段一样冷静寂寞，绝地而生。

时光终究仓促了生活，最终，他们没有在一起。她毕业后很快嫁了人，他也离开这个城市。而我，结婚，生子，日子云淡风轻。

如同电影里快速推进的情节，很多关于生活的细枝末节被剪裁，多了稳重和历练，却也少了年少时的那份痴狂和刻骨铭心。

只是，我会偶尔抽烟，在午夜的阳台，在抽烟的时候突然泪流满面。

于是，在某一个瞬间，记不起烟的味道，但却可以清晰地记起他，记起那段一起看云，看月亮的时光。

人，有时会很奇妙，我们会刻意地将美好的东西永久存放，而那些灰暗的桥段在记忆中却越来越淡薄。

我终究是保留了那段时日里最温暖的场景。打理，封存。我开始相信有些美好如琉璃，不堪触碰。

我情愿将它连同那段青春一起埋藏，生根发芽，兀自繁盛，兀自颓败。

于我，在懵懂的日子里，爱和被爱过，也许已然足够。

十三年，时光悠悠。柔情的味道偶尔突兀，回忆也偶尔浓妆重彩。只是，我们都不再是过去那个纯净的男孩和女孩了。

这些文字，致我们终将逝去的青春。

不安

> 如果有一天，我离开你了，你要记得无论以后爱上谁，都不要再想起我。

如果有一天，我离开你了

如果有一天，我离开你了，你会记得我给过你的拥抱吗？我那么喜欢拥抱，喜欢把整个脸庞埋在你的脖颈处，闻着你身体、衣服上淡淡的香水味道。我每次抱住你的时候，都会用尽我所有的力气，就像要把你嵌进我的身体，无论如何也拔不出来。我是那么贪恋你脖颈处的温度，这是我唯一可以触碰到的你身体的一部分。我那么渴望有一天，我们可以坦诚相对，肌肤相亲，让你的温暖漫过肌肤的每一寸，渗透进我的灵魂。可是，在我离开你之前，我终是无法得到了吧，这多少有一些心酸。

如果有一天，我离开你了，你会记得我在你肩膀上留下的齿痕吗？每次窝在你的脖颈里，我都会突然地咬你一口，你痛得大叫，却宠溺地说，你这什么习惯啊，怎么这么爱咬人。你知道吗？我希望你是我的，所以我开玩笑地说，我要在你的身体上留下我的烙印。某个不安的时候，我希望如果有一天我们找不到彼此了，你会突然记起有这么一个人，在你的身体留下的疼痛。齿痕早已消散，这疼痛却是从心尖上蔓延开来的，沿着一条经脉刺痛我曾经咬过你的地方。你会因此而记得这个疯狂的女子吧，她曾经那么强烈地想用自己的方式拥有你和你此后的所有记忆。

如果有一天，我离开你了，你会记得我给你拍过的每一张照片吗？很久了，没有用心地为谁拍过照片，可每次和你在一起，都希望把你锁在我的镜头里，放在一个别人都触及不到的文件夹。很多次我们争吵的时候，很多次你不在我身边的时候，我都会小心地解锁，把这些照片一一打开来，仔细地看。你的每一个表情，安静的，微笑的，开怀的，严肃的，都那么触动我，看着让人心生柔软。你看，面对你，我这个倔强又高傲的人是多么无原则，一次一次冲破自己的底线。或许有一天，我退无可退的时候，丢掉你的同时，也会丢掉自己。

如果有一天，我离开你了，你一定要记得帮我照顾好你的胃，要按时吃饭。虽然，这是我曾经说要自己做的事。你总是那么忙，忙到不记得喝水，不记得吃饭，直到饿得胃疼。每次你说胃不舒服的时候，我都好无助。我希望自己可以了解你的饮食习惯，可以有很好的厨艺，为你准备好一日三餐，等你回家。都说，想拴住他的心，要先拴住他的胃。可是，我不想拴住它，我只希望它不要再疼痛，不要让你难受。

如果有一天，我离开你了，你要记得让自己柔软一点，再柔软一点。你知道吗？你的柔软那么轻易地攻陷了我的城池，让我逃无可逃。那个夜晚，你反复地请求我，以后一定要嫁给你的时候，你是那么温柔，温柔到我想就此沉沦，不去管他什么山高路远。温柔到我希望一辈子都能拥有你。你说，你倔强的时候，十头牛也拉不回来。是啊，这么久心无旁骛地工作，让你习惯了命令和指示，习惯了用霸道的姿态面对一场恋爱。我们常因为你的不可一世而争吵，在争吵里我会无比想念你的柔软，想你轻轻拥吻我，跟我说声，宝贝，抱歉，刚才是我不好。

如果有一天，我离开你了，你要记得无论以后爱上谁，都不要再想起我。你要给她全部的爱和感情，你要全心全意去对她。和你在一起的时候，我那么介意自己会成为别人的替身，介意你对过去的每一次回忆，介意你提到她时眼神里的游移，介意你下意识地对我和她的比较。你知道吗，身处感情里的女人眼睛里除了对方，看不到任何。她的嫉妒，她的任性和她的霸道，都是因为投入太多。当一个女人愿意把自己的不堪暴露给你的时候，她该是有多么在乎你，多么想得到一点安心。这个时候，一定不要吝啬你的包容。

你常说，我们会在一起，永远不分开。可是，我们却都爱得如此不安。空间的阻隔，家人朋友的反对，差异的悬殊。老天是要考验我们吗，每一个艰难在其他情侣中就可能导致一场情感倾覆，可他们却一起约好似的跑来，想要攻陷我们。我记得，每次见面的争吵，每次分离时的泪流满面；我记得每次不安时的焦躁，每次看不到未来的绝望。在这样的反复里，我们耗尽了彼此的热情和耐性。以后，我们又该拿什么面对这些艰难，并且安稳地走完余生。

你还记得吗？我曾问你，如果有一天，我坚持不住了，放弃了，你会怪我吗？你在电话那头用长久的时间沉默，然后哽咽地说，不会，我不会怪你。是啊，如果有一天，我离开你了，不要怪我，因为，我那么不顾一切地爱过，曾那么热切地渴望和你一起到老。如果有一天，我离开你了，要如我们曾经所说，照顾好彼此。

决绝

> **"** 情感在日复一日的纠缠里逐渐淡去，疼痛和悲伤也只有自己知晓，直至一切都不复存在。**"**

说再见，就真的再也不见

前些日子，因为要拿一些遗落的东西，她联系了他："我还有一件东西落在房间了，如果方便的话，我过来取。"

"好。"他简单地回复。

这是她搬离他们的房子之后，第一次回去。公交车在熟悉的巷口停留，她快速下车，沿着经常走的小道走进小区。街边的林木，巷口的小店，偶尔走过的人，都充满着熟悉的陌生感。有人跟她打招呼："回来了啊？"她笑着回复："是啊。"说话的是巷口小店的老板娘，她想起以前加班回家，总会在这家店里吃一碗喜欢的酸辣粉。

离开只是短短三个月，短到旁人以为她的出现只是下班回家的日常。可是，她却有物是人非的落寞感。脚踏入小区门口，仿若触动了某个机关，她的内心一阵颤动，眼泪不可抑制地掉了下来。路边的一草一木，横七竖八塞满的车辆和往昔并没有什么不同。通往单元门口的小径，她熟悉得闭着眼睛都能走过。

转角处，他常骑的摩托车已经落满了灰尘，该是很长时间没有用过了吧，她想。她用指尖拂过座椅上的灰尘，留下深深的凹槽。她曾坐在后座，穿过这个城市的大街小巷。可能是周末某个黄昏沿着盘山小径看的一场日落，可能是在某个下班时间载她回家的一程归途。有泪水滴落在车座，和灰尘浑浊不清，变成模糊一团。她转身离开，上了楼。

拿出钥匙，她略微抖动的双手费了很大劲才将门打开。房间很整洁，空无一人。她知道他不会在这里，他该是不想见她的，她也很惶恐面对他时的尴尬。曾经朝夕相处的人，曾经习以为常的面孔，也会在分离之后变得无以面对。离开时，他们都以为还会再见，仓促转身后，才发现再见就是再也不见。

房间很暗，太阳西斜，在墙上印出点点斑驳的余晖。她缓缓走过每一个房间，所有陈设都还是以前的模样。她买的玩偶，她亲手贴的壁纸，她擦过无数遍的地板，甚至他们的合照。她伸出手轻轻拂过这些物件，就像拨弄着过去的十年。

任谁都不能随意丢弃一段存在了十年的光阴，无论这段光阴里积攒的是蓬勃的幸福，还是庞大的忧伤。这些细碎的时光，就像巨大的车轮，碾碎了两个人的所有悲欢，再拼命地揉在一起，难以抽离。

她看到阳台上他晾晒的运动衣，想着他最近锻炼坚持得还不错；看到桌子上摆满了速食品和零食，知道他最近又在加班了；看到新买的电脑，知道他又沉迷在一场游戏里……这该是怎样的一种熟悉啊，仿若已经刻进彼此的生命里，不用揣测，不假思索，就能知道他最近做着什么，过着怎样的生活。这种不经意翻涌起的熟稔，让她再次泪流满面。

她找出自己的东西，是一个需要用的证件，被夹在一本书页里。她抬头看向书架，满满得铺陈在整个墙面，里面几乎都是她的书。搬离的时候，她叫了搬家公司。搬家公司开着一辆大卡车停在院子里，却只带走了她的衣物，和一些专业书籍。

她像一个初生儿一样，干净地来到这里，在这片屋檐下借住了十年，然后又干净地离开。她不知道该怎么证明这十年自己的存在。即使装满一卡车的东西，即使把和自己有关联的所有物件都拿走，也终究还是一场空。关系不在了，和这段关系有牵连的所有事物，都变成了负累，只有压抑。因此，她丢弃了很多东西，那些他们一起买的家具，那些她购置的精致小饰品，甚至是她看过的书，用过的口杯，穿过的旧鞋。

那天，他出差回来，看到满屋狼藉，她把自己的必需品收纳在箱子里，堆放在门口。他挽留她，希望她留下，希望给他们的情感一次机会。可是她离意已决。

在狭小的书房，他的伤心从眼眸里透出来，两颗晶莹的泪珠顺着脸颊滑落，这是她第二次见他落泪。第一次是在他姥爷离世的时候，他在送葬的人群后面长跪地面，哭着说自己不孝，不能送姥爷一程。那时候，他的脚受伤了无法走路。他是一个开朗而且有担当人，很多情绪都不会轻易外露。

他说，我能抱抱你吗？她沉默不语。他伸出手臂将她揽在怀里，他的怀抱依然宽厚，他在她的肩膀上哭得像个孩子。她的心一阵绞痛，多么温暖的怀抱啊，他有多久没有拥抱过她了，久到她已经不再熟悉他的气息了。她抬起手臂，又缓缓放下，她无法给他回抱，她无法像过去一样天真地认为这个怀抱是属于她一个人的。

他哭着在她耳边说："你好绝情啊。"

绝情吗？她在心里问自己，她闭上眼睛，无泪。

他们就这样分开了，走的那天，他出差。他们甚至没有一场正式的告别。三个月的时间里，她一个人吃饭，一个人逛街，一个人看书，内心安宁。偶尔，过去的日子会在不经意间闪过，扯起的疼痛感令她窒息。他们之间几乎没有任何联系，偶尔的短信也只是有事的询问。

《前任3》上映时，他们在不同的时空里看了同一场电影，她在影片的结尾处哭得不能自已。他们相处的十年随着电影片段一帧一帧回放，分手总是带着不可原谅的原因，堆积起巨大的情绪和冲动。当这些汹涌的情绪逐渐平复，你发现，过去的日子再厚重，过去的人再难以割舍，逝去的情感都无法再平复，选择的路也无法再回头。于是，两个人，渐行渐远。

他们都在等，等一个人先说分手，那么，另一个人就可以理所当然地离开。只是，他们都是这样不肯表达的人。最终，无疾而终。

这该是最疼痛的一种分手吧，没有争吵，没有宣泄。情感在日复一日的纠缠里逐渐淡去，疼痛和悲伤也只有自己知晓，直至一切都不复存在。

太阳西沉，房间越来越暗，她独自一人坐在沙发上，看着眼前的事物逐渐变得模糊。她轻轻叹口气，起身，换鞋，出门。临出门的时候，她把钥匙放在门口的柜子上，轻轻拉上门。

关门声在身后回绕，一扇门隔绝了两个世界。

自此，终归是桥归桥，路归路。

匆匆

" 相聚，分离，人生大抵如此。多少相遇甚至来不及说再见，就已经是转身以后。而那些在你的生命里刻了骨的人，也无非是无疾而终。 **"**

原来有些人，只适合遇见

机场大巴在并不宽敞的街道上缓缓前行，猝不及防地，布达拉宫闯入视线，内心轻微地震颤。十年后再次到拉萨，无数次地触及布达拉宫的雄宏，她给予的震撼依然存在。她拿出手机，在大巴剧烈的摇晃里，拍下她的模样。

照片发在闺蜜群里。

美丽很快发来语音：你又到拉萨了，太好了。

她说，是啊，十年前说过，我还会来这里，还会选择冬天。十年后，我真的来了，依然是冬天。

美丽继续感慨说，那时候一起到拉萨的四人，现在都已经物是人非。她喋喋不休地说起其他人的近况。

蓝翔，酷爱旅行的个性男孩，时常在一时情绪到来时，开始一场说走就走的旅行，不论时间，没有牵绊。那年的拉萨之行，在她和美丽离开后，他借宿在拉萨的藏民家里过年。后来，收入不错的他辞去了稳定的工作，去了泰国PAI县。据说过上了好吃懒做的赌徒生活，成为当地警局的监控对象。

百五，专业的登山爱好者，征服了一座又一座雪山，历经无限风险和无数风光。十年前，大年三十的晚上打来电话，在世界之巅送来新年的祝福。她记得他说那里的星空很美。后来，他不再登山，离婚，再婚，有了孩子，过上了稳定的生活。

美丽，她的好友，曾经一个人背着行囊，追随所爱之人走过大江南北。最终，他们没有在一起，却在一个不经意的黄昏遇到了自己的命中注定。再后来，她成了两个孩子的妈妈，在忙碌的生活中奋力打拼。不论风月，只谈生活。

十年，是一场浩瀚的倾覆。看似日复一日的重复，在十年的长河中，却是翻天覆地的改变。他们途径时光之手，在翻转倾覆之中，变成了另外一副模样。

而她呢，何尝不是物是人非。时潮汹涌，卷走了以为会一辈子的人，他们微笑着和彼此说了再见，从此再也不见。就这样，和生活猝不及防地撞了一个满怀，随身行李散落一地。

临出行的时候，朋友问，去拉萨做什么，她笑着说，重生。生活需要仪式感，可是过去的若干年，她从未给自己任何仪式，无论是和一个人承诺在一起，还是和一个人分开，无论是离开一个旧地，还是扎根在一个陌生的地方。在暧昧不清的状态里，生活也给了她一个暧昧的结果。于是，这次，她想给自己一个庄重的仪式，和过去告别。

拉萨古藏殊华客栈，极具西藏特色的房间陈设和中西结合的饮食，吸引了很多背包客。她放下行李，背上电脑到大厅吃晚餐。她是一个在暗夜里讲故事的人，而今天，她要在拉萨稀薄的尘世气息中给不眠的耳朵说晚安。

节目制作到后期，一个大约二十五岁的男生被前台引导到她的桌前，"可以先坐到这里吗？今天人比较多。"

她看了一下足够宽大的沙发，点点头。男生未说话，在她对面缓缓坐下。他的气色很不好，嘴唇干涩，呼吸沉重，用手支撑额头，看起来很疲惫。

她问他："你还好吗？"

他依然低垂着头说："没事。飞机降落的时候颠簸得厉害，有些晕机。"

她点点头，不再说话。

节目上传完成，她收拾好东西准备回房间，他也正好吃完，拿背包准备走。他们一前一后出了大堂。后院是一个天井，三层楼的高度，空间不大，却很别致。到处挂满纸灯笼，把整个小楼晕染成一片橘黄。

他走进她旁边的房间，步履缓慢，有些踉跄。关门前，他转身问她："我头疼得厉害，呼吸也很困难，是不是高原反应，你有什么药吗？"

"你来之前有没有喝红景天之类预防高反？"她问。

"没有。"

"也没有备一些散列通之类的头疼药？"

他无力地摇摇头。

"稍等，我给你拿来。"

她在背包里找到散列通，拿出几片送到他的房间。他接过药，轻声说谢，然后关上了门，隔绝了她即将出口的关心。

房间里是挂饰和画像。她躺在床上，在昏暗的灯光里看着房间陈设的一切变得模糊，又突然清晰，再模糊下去，恍惚间不知道自己身在何处。

是生活弄丢了自己，还是自己弄丢了生活。她在自己沉重的呼吸里想。十年前到这里，她轻松得如履平原。而如今，她略微感觉到呼吸困难。时过境迁，一切不再如故。

她突然有一种强烈的失败感，自己的前半生就这样在一场猝不及防的变故里终结了。她眼睁睁地看着自己被一只无形的手抽去了所有的色彩，瞳仁的黑，唇色的红，锁骨的白，只留一片灰暗。

她一直觉得自己是一个幸运且简单的人，应该拥有的是一场简单的爱情和一段简单的人生。可是，途径的若干年，她的生命里来来往往不断有人涌入，然后热闹地离开。如同一场落幕的表演，音乐戛然而止，唯留下她一个人在舞台中央，被一束聚光灯照射，孤单又决裂。

在模糊的意识里，她逐渐睡去。梦里又是一阵刀光剑影，看不清面目的形形色色的人，幻化出无数怪异的形状，令她心悸。恍惚中，她听到隔壁房间男孩重重的咳嗽声。她突然有些担忧这个看起来有些单薄的男孩子。

第二天清晨，她在黑暗中醒来。窗帘的罅隙间透出隐隐的光。因为预约了早餐，她起身洗漱，到了大厅。

昨天的位置上，男生已经吃完早点，在电脑上看着什么。她走过去打招呼，问他感觉如何。他难得地露出一脸笑容，说好多了。

嗯，是好多了。她笑着说，脸上有了气色。

这是一个笑起来很好看的男孩子，眼睛微弯，露出一口洁白的牙齿，有一种不谙世事的纯净和美好。

说起接下来的行程，男生说，他租了车，打算去羊卓雍措。如果她愿意，可与他同行。想想反正自己也是一个人，羊卓雍措也是此行的目的地之一，她爽快地答应了。

车子在高原的路上颠簸，沿着此起彼伏的山峦，驰骋出数不清的弧线。她坐在副驾驶上，灰色的山脊和蓝色的天空印在瞳眸里。男生说他叫枫，是南方人，做配件生意。

为什么一个人来拉萨？她问。

重生。他说。

她惊讶地转过头来，看着他。两个一南一北的陌生人因为同一个听起来有些矫情的理由住在同一家旅社，去往同一个目的地。

随着海拔不断攀升，枫的高反再次严重起来，呼吸沉重，心跳加快，嘴唇也开始发紫。她突然有些担心，劝他返回。

可是枫仍然倔强地开到了羊卓雍措。当那一汪深邃的蓝色印入眼底时，他们都不再说话。枫沿着湖水走了很远，找了一个靠岸的地方坐下来。整个人缩进羽绒服里，像一尊雕塑。她在他身后远远的地方，略有担忧，又不想打扰。

你真的可以让自己相信，当你和让你赏心悦目的风景共处时，当你在四千多米的海拔里呼吸不到尘世气息时，很多人事都可以退回到最初的模样。仿若不谙世事的婴儿，绝尘，单纯。

她抬起头眯缝着眼睛看太阳，阳光很刺眼。

她起身走到枫身边，在她靠近的一瞬间，枫侧过头，她看见他装作若无其事地用袖口抹去了脸颊的泪痕。

回程，枫突然多话起来。跟她聊了很多南方有趣的小吃和童年趣事。她听着，有些昏昏欲睡。夕阳照进车厢，在枫的侧脸闪耀出一圈微黄的轮廓。这个世界悲伤如林，每颗心却都顽强地生存着，在浓重交错的烟火气息里，用尽全力呼吸。

那个陪你走过一程的人，无论给予了你多少眼泪和幸福，都只是过客。你用生命承担过，就已经足够。就如同此刻，枫载着她在朝圣的路上迁徙，渡她一程，只为抵达内心深处的一汪宁静。

他们踩着浓浓的夜色回到拉萨。除夕之夜，街道上人烟稀少。偶尔有人从窗户里放出一束烟火，她在烟花里对枫说，又是新的一年，我们都要好好的。枫看着她，有些诧异，却重重点了点头。

第二天，她整理好行李，把自己准备的高反药放在枫的房门口，离开。

相聚，分离，人生大抵如此。多少相遇甚至来不及说再见，就已经是转身以后。而那些在你的生命里刻了骨的人，也无非是无疾而终。

下一站，珠峰。

遗憾

> " 在这个令人窒息的世界，总该抓住点什么去掩盖那些过去的
> 伤痛，让自己有足够的勇气活下去。 "

有些记忆，需用一生来遗忘

2017年年初的时候，杭州舟山东路要拆迁改造成高品质生活区这件事，上了各大网站的头条，十九楼、微博、朋友圈到处都被刷屏了。那些从周边院校毕业很多年或是刚毕业或是在那里创业的人，纷纷发文表示感慨，文中满是对青春的记忆，那些曾经的欢笑、曾经流过的泪，还有曾爱过的人。

看到这条消息时，我第一时间想起了发小小杰，将各种链接发给他的时候，通过手机，我很难想象出他的心情。这几年的忙碌使他已经不再去关注这些小事，如果我不把这个消息告诉他，或许他某天路过舟山东路时会怀疑自己走错了路。

"陪我去走一趟吧。"在我发给他一个小时后，他回复我。我知道，这一个小时的时间足够一个人去做某一个决定，比如需不需要再回去看一眼。

或许是因为上了热搜，凌晨三点的舟山东路仍然有人在黑夜里缓缓行走，或许他们也像小杰那样是去怀念过去的，又或者是因为看到那些文中的美食报道慕名前去的。

我们并没有进去，只是将车停在了路口，小杰站在路口，面向那条街道陷入了沉思，十分钟后，他从口袋里拿出一包"和天下"递给我，问我抽不抽，我说我不抽，我反问他："你不是也不抽吗？"

"今天想抽一根。"他的声音有些沙哑，带着淡淡的哀伤。

我并没有阻拦他，哪怕我知道他并不会抽烟。快要抽完时，他转过身对我说："这里被拆了以后，我们的青春就真的结束了。"说完他把烟蒂扔在了地上，用鞋尖轻轻一踩，快速打开车门坐上车，启动车子，递给我一个眼神示意我上车。

他把车子开得很慢，凌晨的杭城格外安静，马路上偶尔有车子飞驰而过。他一直在沉思，我问他去哪里，他没有回答，只是沉默地往前开，偶尔转过几个弯。

到达朝晖小区的时候，已经快五点了，天微微有点亮，一阵困意袭来，我疲倦地问他为什么要来这里。这是个有些年代的小区，每幢房子前有一条不高不矮的古式楼梯。他仿佛对这里很熟悉，小区的路灯不是很亮，他却走得很顺畅，每一个转弯都能来去自如。在转过几个

弯后，他带我进了一幢房子，经过层层楼梯，到了三楼，他拿出钥匙
开门、开灯，自顾自地在沙发上坐了下来。

"随便坐。"在我关好门入内时，他对我说。

"这是你的房子吗？从不知你在这里有一套房子，果然狡兔三窟啊。"

"这是我大学时租过的房子，前几年求了很久，房东才把它卖给了我。"

"为什么要买？怀念青春？"

"算是吧。"

说完，他起身打开了书房的门，看得出这里偶尔有人住，至少有人会
不定期打扫卫生，墙边放着一张只够两个人坐下的小沙发，靠着它的
是一把蜂鸟牌吉他，书柜上的书干净整齐，没有一丝灰尘，书桌上留
着一台台式电脑，电脑边放着两只马克杯。

"遇到不顺心的事情时，我经常会来这里躲躲清净。"

"挺好的。"我说。

"好多年了，吉他已经生疏了。"他拿起吉他拨动琴弦，我示意他不要

弹，会吵到邻居，他不理会，还是继续弹着。旋律很熟悉，是《情非得已》。一夜未眠，我有些累了，倚着墙缓缓坐在地板上认真听他弹吉他。

弹到一半，他忽然停了下来，我抬起头看向他，他抽搐着身体，泪水已经从眼角滑落，一滴滴落在吉他上。我爬起来拿过纸巾递给他，停顿了将近一分钟，他仍然没有接过我手中的纸巾。

"我一直无法忘记一个女人，哪怕我现在已经娶了妻子，有了女儿，但我仍无法忘记她。"

"我和她曾在一起三年时间，我用了我的全部去爱她，我的青春，我的爱，但最终还是没能留住她。"

我没有接话，我知道他需要倾诉，在这些年里，他已经用工作麻痹自己到无法正确地表达自己、表达情感。

"我在大一下半年的时候认识的她，在舟山东路的一家烤肉店，当时店里只有我们两桌人，我和几个哥们，她和她的妹妹。我永远都无法忘记那个下午，她离开座位去洗手间，正好从我身边走过，不小心被桌脚绊倒，正巧我起身接住了她，像不像演韩剧？"他站起来拿过纸巾擦了擦眼泪，嘴角笑着，从书桌的抽屉里翻出一张照片。照片是一个女子，有着一张婴儿肥的娃娃脸，标致的五官，瘦小的身体，白色的裙子，白色的帆布鞋，手里拿着一束野花，应该就是他口里的她吧。

"很漂亮吧？这是我们去爬山时拍的，我在山上采了一束野花，扎成了花束送给了她，你看她笑得很开心吧，至少那一瞬间，她是爱我的，你说对不对？"我不置可否。

"有时候缘分就是这么奇妙，初次见面时，我对她一见钟情，却不敢问她要任何联系方式，以为此生就这么擦身而过了，但在某次晚会上我又遇见了她，她被邀请参加我们的晚会后勤工作。我看见她的时候，简直要跳了起来，你知道吗？我兴奋地问身边工作人员关于她的信息，再三请求下，终于被我要到了她的手机号和QQ号码，那个时候还没有微信。回到这里后，我小心翼翼地拿出手机给她发短信，我说了好久才让她记起我们初相遇的那个下午。在我软磨硬泡下，她终于答应和我一起吃饭，地点仍然是在舟山东路，她说她喜欢舟山东路上的美食。她说她是树人大学毕业的，吃完可以去母校走走。那个时候她已经从大学毕业两年了。"

他停顿了片刻，看得出一晚没睡的他也有些头疼，我问他要不要先休息会，明天再说，他说没有关系，指着厨房让我泡两包速溶咖啡提提神。

"吃完饭后，我陪她去树人大学走了一圈"，他接过咖啡，吹走热气，喝了一口后，继续说："在她的母校，我们聊了很多，从她进学校聊到毕业，聊了将近四个小时。天色渐渐暗下来，她穿着高跟鞋有些脚酸了，我当时不知道哪来的勇气，走到她面前弯下腰对她说，我背你好不好？她愣在我面前，我知道她为难，索性就拉起她的手搭在我的肩膀上，强行将她背了起来。你知道吗？要感谢舟山东路那条路，我背着她走完了整整一条街，我能感觉到她趴在我背上，渐渐靠近我。"

"后来，我们开始频繁地接触。她工作很忙，经常需要加班，偶尔我会去接她下班。我经常半开玩笑地问她我像不像她男朋友，她总是抿着嘴轻轻地笑。一天夜里，依然是在我接她下班的路上，我半开玩笑地问她相同的问题，她依旧只是一笑，我情不自禁地吻向她。当我的唇触碰到她的唇时，我感觉到了她的讶异，当我们舌头交缠舌尖触碰的那一瞬间，我知道我爱上了她。你看，很简单吧，你刚才肯定在想，我们的感情一定开始得惊心动魄，其实并没有。只是，陷入一段感情，并不是由开始的形式决定的，而是由在一起的点点滴滴成全的。"

"让我喘口气"，他拿起咖啡轻轻抿了一口，接着说了起来。

"我们很自然地住在了一起，就是在这里。她对生活的要求很高，觉得我生活得太过随意了。一直说我一个大学生书房里却没有几本书，很不合理，然后拉着我去书城买了很多书，有我爱看的，但绝大部分是她爱看的书。你看，左边是我爱看的，我们从小就爱看的漫画书，还有那些有很多插画的图书；右边是她爱看的，都是什么张爱玲啊，张小娴啊，安妮宝贝写的书。你知道我不爱看那些情情爱爱的书，在一起的时候从没看过一眼。可是这些年，我却慢慢地看完了这里所有的书，看到一些桥段的时候，总是会把我和她的感情套入书中。你肯定对我很鄙夷吧，一个大男人说着情情爱爱，可很多时候，真的是身不由己，或者是情不自禁，因为我实在太想她了。"

"她喜欢户外运动，周末的时候，经常把我从梦里拉起来陪她去爬各种山。有时候我累了，不想走了，她就会假装自己受伤了或者爬不动了，在路边撒娇要我背她上山。一开始我以为她真的受伤了，会认真地蹲下身，让她趴到我背上背她上去。次数多了，我发现她是故意的，但我仍然会背起她。后来，我时常后悔当初没有多背几次，后悔我的后背不够宽阔，无法背起她所有的悲伤。"

"她很喜欢我弹吉他，你知道的，那些年我像个瘾君子般痴迷着音乐，而她能够在我练习时一直陪着我，一陪就是大半天。在我练到最后时，她总会要求我弹唱一曲《情非得已》。我当时想，最爱的女人、最爱的音乐都在我身边，我应该是这世上最幸福的男人了。可现实或许总是如此，到处都有不公平，又或者是太公平。现在的我过着麻木的生活，没有音乐，没有爱情，只剩下空空的躯体在这个混浊的世界游荡。"

"我们在一起总的来说还算和睦，很少有争吵的时候，我对很多事并不在意，她偶尔会有小情绪，却总能很好地控制自我。她总说，她比我大，我们是不会有结果的，所以，她希望我们能好好享受在一起的时光，不要留下不愉快的回忆。当时的我不明白，以为那只是一句笑语，后来才知道那一直都是她内心的话。从那个时候起，她就已经在对我说分手了，只不过是换了一种隐晦的方式而已。"

"就这样，我们在一起两年，其实两年时光并不短，两个三百六十五天。在这两年里，我们有过无数次缠绵，说过无数次'我爱你'，我以为我们已经彼此心灵相通了。直到某一天，我在家里玩游戏，就在你那个位置"，他抬手指着书桌前的转椅，用深情且略带懊悔的眼神看向这头，他的眼睛因为熬夜充满了血丝。为了方便他回忆，我缓缓起身，将这一块区域还给了他。

"其实你走到哪都是一样的，这里到处都是她的气息，到处都是和她有关的记忆。能留下属于我的也只有这些了。刚才说到哪了，哦，对了，说到我在玩游戏，那天她回家，脸上带着疲倦，她走到我身边的时候，我正全神贯注地杀着怪。她悄无声息地站在我旁边，耐心等我玩好游戏，才用手摘掉我带的耳机，她盯着我，缓缓问我有没有想过要娶她。她的眼神有些陌生，我第一次看到她有这种眼神，像一个怨妇，带着无奈的抱怨，又有一些期许。我没有回答她，问她怎么了，她却不理会我的疑问，重复问了我同样的问题。这次，她看我的眼神多了一丝恐吓，我被吓得一愣，不假思索地脱口而出，说我没有想过这个问题。那一瞬间，我看到她彻底崩溃了，整个人软了下来，差点倒在我怀里。我扶她到沙发上，就是我现在坐的这个位置，她将身体卷缩在沙发上好久，我企图去拥抱她，她却不让我碰，我只好坐在一边等她恢复。大约过了半个小时，她的情绪似乎缓和了很多，慢慢地坐了起来。"

"'杰，我们分手吧。'这是她坐起来后，对我说的第一句话。"

"我企图安慰她，我说我只是没有想过，不代表我不愿意娶她，我现在大学还没毕业，你再等我几年，等我毕业后，有了自己的事业，我会娶她的。她却仿佛换了一个人，我在她的眼神中看不到笑意，看不到温柔。"

"她跟我说了她的过往，还有她的男朋友，对，你没听错，我们在一起两年，但是她有一个在一起五年的男朋友，她同时与我们两个人在一起，我却从来没有发现过。她告诉我她和她男朋友是大学同学，我第一次陪她去母校走的那些路，都是她跟她男朋友经常会走的路。她告诉我她试图爱过我，因为她男朋友总让她失望，大学毕业后每天荒废自己，找工作高不成低不就，在工作中也不懂得忍让，最后在家天天打游戏。他一回家就找各种理由发泄，谩骂她，甚至强暴她。她说她以为我能给她幸福，然而那天当她再次被她男朋友虐待时，她觉得人生很灰暗，再也不想这么下去了，她抓住了我这棵救命稻草，以为我真的能够救她，却没有想到我也将她推向了深渊。"

"她对我说完那些话后，格外冷静，只是淡淡地说了一句抱歉，便拿起包要走。当时我的心情很复杂，一方面因为她的隐瞒而生气，另一方面在我意识到她要离开时，我的心很痛。我最终还是伸手拦住了她，我说我会娶她，请她不要走。她摇摇头说：'已经晚了，男人对婚姻的第一反应是最真实的想法，如若你想娶我，你刚才会第一时间回答我，但你犹豫了。更何况你现在还在读书，我看不到希望，我不想再去重复那样的生活，我已经经历过一次了，不会再去承受第二次。'无论我怎么阻拦，她还是离开了，从那以后她没有再回来过。我曾去她公司楼下等她，但她冷漠得像换了一个人，告诉我不要再去找她了。"

"后来呢？"说完那些话后，他停顿了很久，好像没有再说下去的意思，我终于还是忍不住，问了出来。

"后来我们成了陌路人，哪怕偶遇都没有过。后来听说她找了一个让她满意的男人结婚了，之后再也没有她的消息。她走后，我再也没有爱过别人，她曾说我不会爱人，给不了女人安全感，我问过很多人安全感是什么，没有人给过我准确的答案，后来我索性不再问了。大学毕业后，我一直努力工作，用工作麻痹自己，每天微笑着面对很多人，可我的心却再也快乐不起来。"

"在你发给我关于舟山东路要被拆迁的链接时，我正在跟公司董事们开会，却依然没有控制住自己的眼泪，我意识到它被拆了，我的青春、我的爱情就要真正的结束了，唯一的一点念想也不复存在了。"

说完这句话，他闭上了眼睛，任由眼泪打湿他的衬衫领子。我和他从小一起长大，一直笃信男儿有泪不轻弹的他，今天对着我流了无数次泪，我想他是真的爱过。

五月的清晨，风比往常凉一些，小杰穿着白色衬衫，在一家咖啡厅对我说着抱歉，让我当了一晚的情绪垃圾桶。说完，他的嘴角微微上扬。我不知道经过这一夜，他是否已释怀，而我只能报以微笑。

从那之后，我很少见到小杰，他一如既往地忙碌着，正如他所说，他在用工作麻木着自己。逐渐地我也明白了这种感受，在这个令人窒息的世界，总该抓住点什么去掩盖那些过去的伤痛，让自己有足够的勇气活下去。

那些留不住的、留得住的，在晃动的人群中以我们来不及反应的速度流逝。

要结束的总要结束，要到来的总会到来，失去的也总会在某个瞬间以另外一种方式再次拥有。那些给过我们伤痛的人和事，我们不必刻意遗忘，也无需躲藏，唯有坦然面对，才能安抚过去，活好未来。

绝望

> “ 所有的温存软语还在耳边，可是他们却已经爱得绝望，爱得伤痕累累，疲累得无以复加了。 ”

我终于不再爱你了

晨起，他们窝在被子里看电影，电影讲的是一个已婚男人爱上一个已婚女人，并为她付出一切直至生命的故事，悲情的是，女人并未给他同等的爱，用冷漠和绝情让男子荒凉死去。

"女人绝情起来，比男人还绝情。伤害男人的利剑都是女人的冷漠无情。"她拿着手机侧身而躺，手机屏幕里画面闪烁，他在身后拥着她，声音在她耳边低徊，带着些许遗憾、悲哀和无奈。

她知道他的语气里有他的过往，内心莫名地涌起一阵难过。他不知道他总在不经意间让她看到另外一个女子的影子，怎么都挥散不去。她丢下手机，赌气说不看了，不愿看到他回忆自己的过往。他轻轻拥着她说，哪里有回忆，他什么都没想啊，要她不要生气了。

她想起昨天他们的争吵，想起最后说好的不再生气，忍住了自己的情绪，说："哪里生气了，你去洗澡吧，还要上班，我再躺一会。"

他温柔地问："真的没生气？"

"没有。"她淡笑着。

他起身，打开音乐，是杨宗纬的《一场恋爱》，他趿拉着拖鞋走进洗手间，花洒喷水的声音从卫生间隐隐传来。

"这一场恋爱，我期待的女孩，她身影清澈，多么晶莹的无奈。这一场恋爱，过去和现在，无论晴朗破碎，总会有一转身的等待。"

听到歌词，她的心突然一阵抽搐，她无力地捂住胸口，眼泪再次簌簌而落。

和他在一起的几个月，让她流尽了过去十年的泪水。她不停地问自己什么时候变得这么敏感脆弱，不经风雨了。

他们相识的时候都已不再是青春朝气的孩子了，他们都有自己的过去。他经历过很多情感，有的如夏夜里的露水，太阳升起了无痕迹，有的刻骨铭心，痛彻心扉。他曾经告诉过她那段耗费了他大段青春的女子和情感，起初她当一个故事听，后来她成了故事里的角色，只是她始终不知道自己是主角还是配角。

她亦有一段纠葛了十年的感情，在濒临结束的时候，才遇见他，她义无反顾地和他在一起了。只是，时间是个太强大的字眼，让她的自由不羁变得谨小慎微，她受到太多阻力，偶尔她也会困惑自己的选择究竟是不是正确。他介意她过去那段时光里的人，就如她也介意他的过去。

这个世界上有一种人他们相似得好像一个人，初见彼此时就像找到了自己生命中的复体。他们熟悉彼此的微笑，明了彼此的内心，他们时常会说出对方的心思，他们会喜欢同一种口味，可是他们也会像刺猬一样，在受伤的时候竖起全身的刺，让伤害泛滥，无处可逃。

她和他就是这样吧。他们都喜欢听歌，和她一起的时候，他时常会单曲循环一首歌曲，从《情有独钟》到《情歌》，从《几个你》到《一场恋爱》。他们会在音乐里聊天，或者相对沉默。这些歌曲后来都成了她在工作过程中必听的音乐，这些歌曲也都成了他们相处的日子里，一个醒目的标签。

他们都喜欢写字，写出来的字充满伤感的气息。他会利用每个出差或者见她的日子，在距离地面将近三万英尺的稀薄空气里记录下自己的心情和感受；他也会帮她写稿子，写他们的故事，写他朋友的故事。她曾经用五年的时间在网络上写字，不停地写，写得忧伤而绝望，后来为了不让自己过于沉湎，她放弃了写作，直到遇见他，才重新拾起笔来。

他们骨子里都有一种宿命般的孤独感。在某个下雨的黄昏，雨水捶打在车窗上无辜滑落的时候，他会感到孤独；在某个起风的清晨，落叶在街边小道飘落，铺陈一幕惨淡的昏黄，她会感到孤独；在某个他城的夜晚，看灯火通明的酒店繁华到奢侈，他会感到孤独；在某个加班回家的黑夜，站在路边等车，看一辆又一辆汽车从身边驶过，她也会感到孤独。他们会在一个人的时候孤独，也会在很多人的时候孤独，如影随形，甩也甩不掉。

这样的两个人有太多相似的地方，也有太多的过去难以承载。

他的感情受过伤害，因此拒绝过于亲密的触碰。他第一次把她的身体和热情丢在偌大的床上转身离开的时候，她默默地掉下了眼泪。她知道他有情感洁癖，被背叛之后就无法再专注地和一个女人有身体的纠缠。她有时候会很委屈，其他女人的因，却要让她来承担这份果；她有时候也会很绝望，绝望到会用力地吻他，推倒他，试图触碰他，可终会被他推开。她一直渴望能和他有一场盛大的性爱，能让她付出盛世热情，哪怕掏空她的身体和意志，她知道这是因为深爱。只是，她轻微的靠近都会让他后退和防备，那种本能的阻挡让她难过，或许，她还不能走进他心里。

他们在另一个城市见面，在送她离开的高速上，她说："要不我不回了，再待两天。"他说好，眼神里有让人心疼的憔悴。他们刚从一场争吵里结束，他的瞳仁里还留有哭过的气息，她被这个眼神生生刺痛。她说："去你的城市吧，我想去看看你生活的地方。"以前聊天的时候，他常说以后要结婚，她要跟着他走。

他有些迟疑，说："还是在这里吧，我请假再陪你两天。"

"不能再影响工作了，到你那里，你工作，下班后我们还能在一起。"她坚持。

后来，他妥协了。他们从去机场的路上折返，去往另一个地方。她开玩笑问他："你紧张吗？怕吗？"

他问："怕什么？"

她说："怕碰到她啊。"这个"她"是她一直不能释怀的人。

他说："对啊，你们碰到多尴尬……还是待在酒店里，不要外出了……你不会是专门找她去的吧……"

窗外是陌生的风景，听他说这些，她内心的不安再次开始泛滥。她突然有些对未知的恐惧感，她害怕这种恐惧感会让她不愿再次来这里。他终究是不能释怀的，尽管他一千次一万次地重复，他心里已经没有"她"了，尽管她也一千次一万次地告诉自己要信任他，可是她还是没办法在这些话语里无动于衷。

她不想说话，靠在他的肩膀睡去，可她睡得并不踏实，在半睡半醒间她听到他订了酒店，他终究还是不愿让她住到自己的家里。她内心焦躁。这个男子，曾经信誓旦旦地要娶她回家，却在她决意要去他的城市时变得迟疑不定，甚至不能以客人的身份去他家里坐坐。她无力争辩什么，假装睡去。

晚上，他说带她出去走走，在酒店一楼的咖啡厅里碰到了"她"，他的前女友。真是天意，她在心里想。他们走出大厅，出了旋转门，他等了等她，牵住了她的手。

他们在微雨飘落的大街上走路，路过一家甜品店，他说这里是他和"她"曾经来过的地方，路过一家酒店，他解释他们在这里吃过饭。他说："你来这里最关心的事，我都讲给你听，可是现在，这些地方我没再去过，已经和我没有一点关系。"

她看着他像个孩子一样喋喋不休的模样，有些心疼又有些无奈。一个地方之所以不愿再去，是因为那里盛放了太多回忆。如果某天，回忆淡了、没了，去和不去又有什么关系呢。她想起他在酒店碰到"她"时的紧张和不自然，想起出了门之后他才递过来的手，想起他一路的犹豫纠结。

她知道，他是爱"她"的，可是回忆太深，深到他以为自己已经忘记了，却不知爱只是被藏在一个更安全的地方。她爱他，很爱，可是她不知道自己是不是能爱他的过去，并对他的过去装作若无其事。

或许，她能理解他，因为得不到她的笃定，他也会像一个害怕受伤的刺猬一样，把自己深深保护起来。于是，害怕靠近，有所保留。他把他的身体、他的内心都小心隐藏起来，也不愿意把她带到他的生活里。他担心自己的付出像淘进海洋的细沙，没有一丝声响。他怕他高调地把她请进自己的生活，却再次变成一场闹剧，他怕这种绝望的爱会一语成谶，让他再次陷入万劫不复的境地。

这样的两个人，相爱得热烈而孤绝。

她和家人通电话，家人坚决地让她改变心意，离开他，回到之前的生活。她在深夜里哭到心痛，他在旁边安静地抱着她。他知道她为他走得很艰难，他们都爱得疲累而艰辛，就像有天她在他怀里哭着说："我不想和你在一起了，我觉得好累，可是我特别特别舍不得，我该怎么办？如果可以，我宁愿没有遇见你，没有爱上你……"

他会在某个时候望向她，眼神专注而出神，直到眼角有眼泪渗出。他说她和他过去那段情里的人何其相似，经历也何其相似。他担心有一天失去她这件事也会一模一样。他教她健身，在她大汗淋漓的时候，他说："你记得吗？我教你的所有动作，你记得吗？"她没有注意到他问这句话时候的不同寻常，笑着说："这么简单，当然记得。"

后来的某天，他们在午后的沙发上聊天，他看着她欲言又止。她问他是不是"爱得有些绝望"时，他惊讶地睁大了眼睛，他说："你是怎样的女人啊，能说出我内心的话。"她笑笑。其实，他何尝不知道，她也是如此，爱得孤单而绝望。他轻轻搂过她，说："如果以后我们不在一起了，你一定要找一个比我更好的人来爱你，保护你；你要记得按时吃饭，要记得我教你的健身动作……"她听得泪如雨下。

原来，很多时候，他并不是如她看到的那般笃定和坚强，原来他也会绝望到落泪，原来他会在很多和她在一起的瞬间，想到那场可能到来的离别。

她记起他说以后一定要在一起，他要带她在身边，工作累了一个转身就能抱到她。

她记起他说以后要带她看世界上最干净的海，两个人手牵手在无人的沙滩散步，看夕阳，看日出。

她记起他说要请最好的朋友给他们拍最棒的婚纱照，地点选在哪里好呢，瑞士，还是芬兰？

她还记起他说已经在看婚礼筹划了，她好奇，问他不是要旅行结婚吗？他说："是旅行结婚啊，可是你总要给我一个机会向全世界宣布我要娶你了。"

……

所有的温存软语还在耳边，可是他们却已经爱得绝望，爱得伤痕累累，疲累得无以复加了。他们似乎都预见到一场别离，就像他们正在观看的一场电影，无论坐在一起的他们十指如何紧扣，也无论电影的情节如何高潮迭起，电影的灯光终会亮起，刺痛习惯黑夜的双眼，巨幕的画面也终会变成一行行看不清楚的字幕，而他们，也终将向左走，向右走。

疼痛

重庆森林

第一次到重庆，驾车在错落庞杂的高架桥上行驶，她觉得像坐过山车一样，一直紧张地看着弯道前面的车辆在腾空几十米的桥面上，起起落落，突然有了眩晕感。在飞驰中，她想起了王家卫的电影《重庆森林》。有人说这个城市像迷宫，她却觉得这里是一座森林。城区起伏的地形让这个城市的摩天指数更高，充满奇幻感，就像一座原始森林里不知道会冒出什么动物，或者遭遇一场华丽的冒险。

她再次来到这座城市，只是因为在某天写文案的时候，这个城市的名称突然毫无预兆地从脑子里蹦了出来。

江北鎏嘉码头，二十九层楼。巨大的落地窗前安置了一个小小的吧台，坐在木质的高脚凳上，可以看到平稳的嘉陵江和江上缓缓而行的船只。每当夜幕降临，江边的灯火如同森林里被唤醒的奇兽，准备开始一场浩大的盛会。这时候的重庆，才有了白天没有的勃勃生机，充满魅惑、奇幻和未知。她喜欢在深夜坐在这里，看隔岸灯火，单曲循环一首歌，偶尔写写字，偶尔发发呆。

其实，她不知道自己为什么会在这里。为了赶写书稿，为了逃避一些人和事，为了放空自己，还是为了一场说走就走的旅行。或许，她只是想一个人安静地享受属于自己的假期。

这是她和他认识的第二十三年，在一起的第十七年，结婚的第十一年。他们之间平淡得如同被二十四层过滤的纯净水，显微镜下也看不到一点沉渣。是时光的潮水太过汹涌吗，将一切情意冲刷得片甲不留，还是指缝太宽，无以承载岁月的沉重。

她常常感觉不到他的存在。家里坏掉的灯很久没人修理，她很忙，他也总记不住，于是，她在黑灯瞎火里摸索。每过一段时间，她会花一个下午清扫卫生，把物品归位，擦亮地板，清洗衣物，他只会在整洁一新的房间里为她竖个大拇指。她独自带孩子到两岁，细微地照顾孩子的一切，忍受着辛劳和泪水。在她给孩子讲故事，陪孩子入睡的时候，他看电视，等孩子睡着，她起身加班工作，他开始沉睡。她工作上的压力和烦躁说给他听，他无以回应。或许是不愿意，或许是无能为力。

有一天，在加班晚归的暮色里，她在风里打车，疲累得无以复加。一辆辆车从她身边疾驰而过，没有一辆可以为她停留。她在炫目的车灯前失了神，不自觉地前行，被刺耳急促的喇叭声唤醒。司机摇下车窗，狠狠地撂下一句：长点眼睛，然后呼啸而过。她在寒风凛冽里蹲下身子，沉默地哭泣，肩膀颤动。第一次，她有了要离开他的冲动。

你可以和一个人近在咫尺，却看不见他的面孔，感受不到他的存在。你可以在一群人中嬉笑聊天，却被深深的孤独感围裹。她知道，她内心的情绪无处附着，她的孤独无人能懂。

时间长了，再难再无力，她也不会向他倾诉，哪怕说给朋友甚至是陌生人听。假期到来前，她决定独自出行，抛却家和孩子的束缚，只是为自己。父母很反对，假期不是应该和家人在一起吗？她淡淡地说：我已经决定了。

在重庆的这几天，她偶尔做饭、逛街，或者看一场电影。她很喜欢这种思绪可以任意膨胀的独处，没有琐碎，纯粹得只有自己。

很多事情早有防备，却依然令人猝不及防。

第三天的夜晚，凌晨一点。微信提示音频繁地响起，她迷迷糊糊地拿过手机，有近百条消息。亲密的图片，甜腻的聊天截图，高频的通话记录，是他和另外一个女子。女子是她熟悉的人，也是她曾有的疑惑和防备。在看到两个人亲密合照的第一瞬间，她就像触电般扔掉了电话。有些事，做了再多防备，真切经历的时候依然会疼痛。她痉挛一般地蜷缩起自己的身体，痛苦如同锋利的钳子锁住她的喉咙，她发不出一丝声音，想哭却没有眼泪。

起身，她在黑暗中扶着吧台坐下。这个城市的凌晨时分，灯火依然炫目。她拿起吧台上的红酒，七百五十毫升的液体被她倒进嘴里，她能感觉得到炽烈的液体穿越她的肠胃，汩汩而过。她第一次有了临近死亡的绝望，强烈的窒息和疼痛让她失声痛哭。有多久，她没有如此放肆地哭过了。多少个深夜留下的眼泪，还来不及风干，她就需要像个坚不可摧的雕塑，把自己固化成一副历经风雨却依然挺立的模样。

酒精和疼痛让她以为她会在这个夜里悄然死去，突然有了无限凄凉。她渴望背离，渴望一场彻底的倾覆，只是为了成全一种莫名的虚无。挣扎与抵抗，伤害与被伤害，耗尽生命所做的一切不过是一场徒劳。

第二天清晨，她的眼睛浮肿到睁不开。看着镜子中的自己，她感觉很疼惜。天秤座的女子一直在寻找公平的支点，却不知在追逐对等的过程里，已然丧失了可以抗衡的重量。在镜子里，她看到清晨的阳光柔软地照在自己的皮肤上，熨帖了一层好看的光泽。她侧过头去，迎着光，闭上双眼，内心也逐渐变得明媚起来。感情总是在释放之后才会更加安稳。

傍晚时分，她出门，打车到最近的轻轨站。第一次到重庆，在洪崖洞看到列车一次次带着巨大的声响穿越城市夜空，她就很想坐在上面看看这个城市在黑夜里的模样。从华灯初上到万家灯火，她一次次地在高空俯瞰这座城市。大片的霓虹在她的眼眸里闪烁，她喜欢黑夜，除了黑夜能给她安静，更因为在这个时候，她才敢小心翼翼地释放出一段内心的小情绪。

她依然能够记起曾经倾盆的阳光，有温暖的酣畅。她想起大二那年，她在宿舍午睡，他打来电话，让她到阳台，说有惊喜。她从上铺跳了下来，冲向阳台。那天的阳光很好，光线在楼层的玻璃窗前碰撞，曲折来回，耀出一片明媚的颜色。她从六楼看下去，一个白衣少年手里拿着手机，朝她挥舞晃动。脸上的笑容如同一片漾开的海潮，让她整个心都波动起来。她不知道是什么神奇的力量，把这个男孩子从三千公里以外的城市带到她身边，她不知道昨天还思念到流泪的人，怎么能突然就站在她面前朝她微笑。她趿拉着拖鞋跑下楼，拖鞋几次掉下来，她索性拿起鞋光着脚跑出去。他们在阳光下用力地拥抱，好像拥抱着三千公里所有的思念、相聚和别离。

每次离别前的几天，他都整晚不睡，在黑暗里抚摸着她熟睡的面颊，静望她一直到黎明破晓。她想起他离开的那个清晨，她送他到车站，他在车里，她在车外。他拨通她的电话，却哽咽得什么都说不出口。他的手在车窗玻璃上划出她脸庞的轮廓，她在窗外泪如雨下。那个时候，他们很穷，他兜里只要装着足够买一张火车票的钱，就会义无反顾地奔向她。

她记起他们吵架，她赌气不理他。他一个人在外面喝得酩酊大醉，她和朋友把他拉回房间，他推开朋友，请求她的原谅，在她怀里哭得像个小孩子。

他叫她宝贝，纵容她的一切小脾气，满足她所有的小心愿。在青春的时光里，爱情是童话，他让她成了童话里的公主。

这样一段时光，她在光线的罅隙里伸开绵软的手掌，她的手掌有着清晰利落的纹线，身后的影子拉得老长。她始终相信一个有关一生一世的传说，她愿意将自己的灵魂连同躯体一起放进一个小小的盒子中，紧锁，弃绝流水绵长的孤独，然后放在一个宽厚的掌心，死心塌地。

只是，站在时光里的爱情，就像被凌厉的寒潮席卷的细小碎石，一路颠簸到断崖，碰撞，接着狠狠落下。不知道从什么时候开始，他们的爱情被无情碾磨，变得千疮百孔。

在微信里，那个年轻的女子说："我们是从2009年在一起的，我陪了他八年，我为他打掉了三个孩子。你是一个好母亲，却不是一个好妻子，你不配做她的妻子。你若爱他，我放手；你若不爱他，请你放手。"

她在这个城市的夜空里拿出手机，翻出女子的信息。她开始认真地看他们的聊天记录。

他叫她宝贝，为她做饭，带她旅行。他屏蔽所有人，在朋友圈里晒给她的情人节礼物。他说他会爱她三生三世，但是不包括这一世，因为这一世已经不完美了。他说他要娶她。

她看他们的合照，她从他熟悉的五官里读出了陌生。他们牵手，亲吻，拥抱，她甚至想象他们在床上缠绵的样子。他该是幸福的吧，她想。她从他的眉眼里看到他很久不曾见过的柔软和宠溺。她闭上眼睛，有泪从眼角划过。她发微信给他：回去，我们就把手续办了吧。

这个夜晚，她做了一场梦。梦里空旷得令她窒息，她不断地奔跑。她看到寂寥的天空，太阳和月亮一起悬挂。她以为她是某个人的，她以为她会属于他，现在她终于知道她只是自己的。

那些年月里的轻俏和落寞，期待和挣扎，那些心腹里浑浊的气息，一起剥落，丝毫不剩。她忽而就原谅了自己和他的经年索离。

对于她，他不足以承担，所以远离。

第二天，在江北机场，她在朋友圈写到：第一次到这里，想到王家卫的电影《重庆森林》，虽然他们之间并没有什么关联。第二次到这里，还是如森林一样的城市，却完全物是人非。生命里，总要感谢一些人和事帮助你来做决定，无论是温暖的，还是恶意的。

再见，重庆……

勇气

" 坚持给予我的全部内涵，就是在想要放弃的时候，咬着牙忍了忍，又过去了。"

最值得骄傲的坚持

这一生，人总要有一次值得骄傲的坚持。

时常有听友在后台问我：我可以和你一样做一个主播吗？

为什么不可以呢？很多事，只是你想不想和有多想的问题。

我做主播已有十年了，这是我目前为止最值得骄傲的坚持。我坚持不了每天记二十个单词，做不到每天练习瑜伽，甚至不能像很多女生一样每天护理自己的皮肤，可是，我却在话筒前坚持了十年。

记得最早成为电台兼职主持的时候，为一期节目，我可以花十个小时的时间编辑文字和音乐，对着电脑反复练习什么时候音乐应该响起，什么时候该用什么样的语气。我把每周日晚间的节目当做一周中最重要的一种仪式，很多周日的黄昏，都会重新洗脸，上妆，进入直播间。尽管我根本不需要出镜，尽管整个夜晚都不会再遇见其他人。

这是一种很愉悦的仪式感，自己喜欢的事和喜欢的心情都该一起出行。

那时候，我会在傍晚六点进入电视台，出门的时候已经是深夜十二点了。除了两个小时的直播，还有四个小时的值机。而六个小时的报酬只有二十元。有时候我会想，如果现在花这么多时间做一件事，回报却是微乎其微，我是否还能像曾经那样无怨无悔。我猜恐怕是做不到的，除了因为现在琐事太多，总要衡量一下机会成本，更重要的是现在大概已经没有了那些年的狂热和勇气。

什么阶段就会做什么样的事，而我也庆幸自己在最该付出的时候没有吝惜。

深夜回家时，楼梯上孤独的脚步声、深长幽暗的巷子，和偶尔亮着的一盏灯，是那些年我全部的记忆。我一直都相信，一个主播的声音是一种天赋，却不是必然，真正打动人的是你的声音里是不是有诚意。

于是，在六年的直播生涯里，我一直在学习说话，学习如何才能让自己更自然地表达自己。时常，我也会回听我第一次直播的音频，那是我唯一保留的早期直播节目。每次听到一半，自己就会忍不住笑出声。感谢那个时候给了我很大宽容的耳朵们，尽管我已不知道你们在哪里了。这也让我逐渐学会了宽容，因为你的宽容会留给别人进步的余地。

后来，我无意中来到"喜马拉雅"，上传了几期直播录音，无意中被"晚上十点"看中，继而和"喜马拉雅"签约，关注人数从零突破到七十万。一路走来，我始终记得自己对播音的钟爱，所谓不忘初心，方得始终，大概就是一种从情感到身体力行的坚持吧。

工作越来越忙，生活的琐事越来越多，想放弃的念头也越来越多，可是我还是在这里。因为不舍，也因为坚持。坚持给予我的全部内涵，就是在想要放弃的时候，咬着牙忍了忍，又过去了。当然，我时常会觉得力不从心，觉得还应该做得更好，也会怕辜负，怕伤害。可是，那又怎样呢，尽力了，就好。

今天看微博的时候，无意中发现一个可爱的留言：嗨，你好，你肯定不记得我了，两年前我曾经在你微博底下评论，说你读得一点感觉都没有。两年过去了，经历了生活的巨变，又趋于稳定，有点小起大落吧，又经历了成长中的兵荒马乱，青春中的多愁善感，让我明白，好吧，你读得非常好，声音很好听，我简直是专业打脸户。

哈哈，谁说不是呢，坚持的过程总会遇到否定和质疑。只是，无论周围再怎么不看好你，你也要看好你自己。

前面的路还很长，请和晓希，一起坚持走下去！

出走

> 我们总会有各种羁绊和阻碍，想做一件事，似乎很难；我们总会遇到人生的低谷，似乎看不到太阳，也找不到出路；我们总会经历大大小小的曲折，似乎不知方向，也不确定路的那头是不是万丈悬崖。

我们都该用力奔跑，为一个勇敢的开始

好友Joy终于去了国外留学。看着她发过来的照片，我的内心瞬间温柔了起来。照片上，她戴着夸张的太阳镜、粉紫色的头巾，穿着碎花蓝布长裙，看起来很有些异国的样子。她的怀里抱着一只漂亮的小鸡，咧着嘴笑得很开心。我回复她一句话：你终于梦想成真了。

这一年，她三十五岁。

我们在2009年相识，初识她的时候，她在本地的一所职业院校教书。除了性格开朗，幽默风趣，她的日子也和每个普通人一样，朝九晚五地上班。和一个谈了八年的男朋友，在马上要谈婚论嫁的时候分了手。我们问她为什么，她说她不喜欢和一个每天只知道抱怨社会的愤青一起生活。

我们相识的第一个寒假，相约好一起去旅行。每次小聚的时候，我们和几个朋友都兴高采烈地聊攻略、制定行程，想象如何度过美好的假期。但每次都是快要出发的时候，大家却因为各种原因退出了旅行，有的人说要照看父母，有的人要参加假期培训挣钱，而我也因为工作的事放弃了，最后留下的只有她一人。

我记得那一次，我们决定旅行的地方是尼泊尔。临走前一周，她曾经打电话给我，游说我和她一起去，她说这是她第一次一个人外出旅行，有些忐忑。其实，我很想和她一起去，毕竟尼泊尔一直是我心心念念的地方，只是，却被各种顾虑和琐事束缚了手脚。

我们总是这样，想做这件事，想做那件事，想的时候会有各种幻想和动力，觉得一切都在自己的掌握中。可是当付诸行动时，任何一点细微的挫折都可能让我们放弃。于是，那个想做的事情只能停留在想的阶段，我们靠着不需要任何成本的想象虚晃地支撑起了这一生。我们永远都不会知道跨过那个想象的阶段，我们的世界将会是什么颜色，有了第一次的开始，我们的生活又会有什么不同。

最终她一个人去了尼泊尔，在大雪纷飞的一个清晨，她打电话给我，她说她的每一天都是以往的自己没有经历过的，她的每个视线停留的地方都是她以前没有见过的，她说她想留下来。

那是她的第一次一个人的旅行。

后来，一切都顺理成章地开始了，印度、菲律宾、印度尼西亚、泰国、老挝、伊朗、土耳其、美国……她不再畏惧一个人出门，她外出旅行就像回一趟老家般自如，她结交了许多世界各地的朋友，她已经不是那个只知道闭门教书的Joy了。她会在印度瑞诗凯诗的小山上找一个瑜伽大师，学习瑜伽；她会在泰国看见一群孩子在校园做游戏，就不由自主地加入其中；她会在菲律宾的一个小教堂接受洗礼；她会在印度一个陌生人的葬礼上，突然就泪流满面；她会为了节约开支，一个人蜷缩在机场的长椅上，度过漫漫长夜。

我们偶尔还是会聚会，可我们能分享的只是她旅程中的见闻，遇见了谁，经历了什么。谁都知道，这样的经历让她对待生活的态度有了深刻的变化。很明显的是，她开始对生活有了良好的规划，对任何事都有了明确的目的，不愿意再把时间花在八卦和打趣当中。她利用工作之余做导游、办辅导班，所有的收入只为一次长途旅行。她像一个陀螺一样，满负荷地旋转。

很多人都抱怨自己时命不济，生活处处碰壁，想要做的事情总是做不到。可是总有人在为了自己想做的事情勇敢开始，并坚持远航。很多时候，我们能做的只有用尽全力，努力走到所有人的前面，超越他人，也超越自己。而不是一边抱怨自己运气不好，一边一遇到挫折就放弃。所有人都在用力奔跑，不是只有你受尽委屈。

她考雅思，拿到了几所大学的offer，可最终因为家庭和经济的原因放弃了。有一次，她很遗憾地说，她的雅思成绩过期了，她还是没能在这之前筹到上学的费用。我能想象她的世界已经足够开阔，足够丰富，不是这个小小的城市所能容纳的了。后来，也就是在今年，她再次拿到雅思高分，并且终于勇敢地走了出去。

偶尔，我们也会聊起她的第一次旅行，她说那个时候，她是很忐忑的，太多顾虑和担忧，很多次想过要放弃。即使到了后来，在临出发前内心也是沉甸甸的。只是，迈出了第一步，一切就都会水到渠成，那些逐渐成长起来的坚毅，那颗逐渐强大的内心，都成就了她说走就走的旅行。任何事情，开始都是最难的，需要胆识与勇气。

我时常会想，如果没有她的勇敢开始，今天的她会过着怎样的日子；我也会想，如果当时我们几个都一起出发，今天的我们又会如何。只是，世界不是靠想象的，有了想法和目标，就该勇敢地开始。

因为，一切的伟大都源于一个勇敢的开始。

我们总会有各种羁绊和阻碍，想做一件事，似乎很难；我们总会遇到人生的低谷，似乎看不到太阳，也找不到出路；我们总会经历大大小小的曲折，似乎不知方向，也不确定路的那头是不是万丈悬崖。但是，每一个成功的喜悦，每一次心愿的达成，每一个目标的实现，都是我们勇于开始的结果。

愿你不浪费时光，不模糊现在，不恐惧未来，愿你坚定不移，愿你勇往直前，愿你在满是荆棘的人生里唱出绝响。

相伴

❝ 爱他，就是要给他一个安稳的家；爱他，就要给他一生的慈悲；爱他，就是要和他有说不完的话。 ❞

爱他，就是和他有说不完的话

豆豆和张琪是迄今为止我见过的最恩爱的夫妻。

豆豆是我的大学室友，瘦高，话语不多，却很有自己的想法，讲话慢条斯理，颇有些老大的风格，人缘极好。

大二那年，大家好像商量好似的，一夜之间都有了男朋友，豆豆也不例外。她的男友是她的高中同学，叫张琪，在另一座城市读建筑设计。自从两个人确立了恋爱关系，我们宿舍的电话就没有空闲过。电话在她的床头，她经常把电话抱到床上，一聊就是一个多小时。有时候，半夜也会聊，为了避免打扰我们休息，她或者捂在被子里打，或者把电话线拉长迁到门外。半夜去洗手间的姑娘，经常会被倚坐在走廊墙边窃窃低语的她惊吓到。

有次，隔壁宿舍的女孩去洗手间，打开房门就看到有一长发女子披头散发，蜷缩在墙角。当天，豆豆和男友闹别扭，电话这头，豆豆抑制不住地低声哭泣。加上走廊里的灯光忽明忽暗，估计是姑娘越走越害怕，越靠近越恐慌，最后没忍住尖叫一声掉头就跑了。正专心打电话的豆豆猛然被这一声尖叫吓得不轻，以为有什么奇怪生物出现，也大叫一声，丢掉电话，就抖抖嗖嗖地冲进了宿舍。后来这件事成为我们宿舍的趣谈。她每次打电话的时候，都会被我们取笑一番，提醒她当心被自己吓到。

按理说，学生党没有收入，每月的电话费都能打掉她的一顿改善生活的火锅和一件心仪的外衣。可是，她似乎并不介意。为了能挤出更多打电话的费用，她省吃俭用，节衣缩食。那时候的宿舍电话是用电话卡的，她把每次用过的电话卡都细心地保存下来，买了一个漂亮的卡册，把它们认真地装进去。她也会留心买一些成套的或者图案漂亮的电话卡，闲暇的时候就拿来翻一翻，好像看着这些卡，就能记起很多甜蜜的细节。

记得后来有次到她家，她也曾翻出这些卡片来给我看，问我还记不记得那些疯狂打电话的日子。我说当然记得，每天晚上吵得我睡不着觉。她说，现在想来确实挺不好意思，可那个时候就是忍不住想要和他说话。

豆豆总说，爱他就是和他有说不完的话。这一点我不能感同身受，却非常佩服。记得有次和她去网吧通宵上网，我一晚上都是在打打游戏，听听音乐，聊聊天，天快亮的时候，已经困到不行了，最后趴在沙发上睡着了。一觉醒来，看到豆豆还在精神抖擞地聊天，电脑界面和姿势跟刚进网吧落座的时候一模一样。我认真地趴在她桌前观察了一下他们的聊天记录，都是一些家长里短的琐碎小事。我惊诧她怎么有这么多说不完的话，只是打错了一个字，都可以笑着说半天。她的表情和他们的聊天息息相关，一会微笑，一会大笑，一会皱眉，一会黯然，全神贯注的样子完全沉浸在自己的世界里。天大亮的时候，我招呼她时间到了，该走了，她头也不回说你先走，我再续一小时。

后来，豆豆毕业，张琪也从另一个城市来到了豆豆身边。两个人也算结束了三年的异地恋，真正在一起了。他们刚工作的时候，我到二人租住的小居室去过。房间很小，一个卧室，一个厨房，一张床已经占据了房间的半壁江山。我把张琪赶走，和豆豆在狭小的房间里聊了一晚。她当时情绪有些低落，说到两个人从异地到朝夕相处的改变，结束了相思之苦，却带来了更多摩擦，也说到刚工作的艰难和与社会的格格不入，以及在这个收入不高，房价很高的城市怎样才能有一个属于自己的家。我苍白地安慰了她几句，说以后会好起来的。

毕业两年后，豆豆有一天打电话说让我做她的伴娘，她要结婚了。我当时高兴得竟无以言表，有情人终成眷属，从校服到婚纱，这样的爱情总是令人羡慕。

结婚的前一天，我去了她的新房。房子在城市中心地带，二百四十平方米的复式楼，简约大方的装修，是我心仪的模样。每一个细节都能看出女主人的用心。尤其喜欢她的主卧，房间很大，床面很宽。我不客气地将自己摔在她的新床上，被芯散发出纯净、清新的味道，令人沉醉。她走过来，和我头对头地躺下，一瞬间，仿佛回到了我们的校园时光。

她说："你还记得我们之前租住过的房子？"

我说："当然，我们不是还同床共枕过吗，哈哈。"

她说："那个时候觉得，我们的婚姻渺茫，事业渺茫，天天都会吵架，谁也不会想到我们现在可以婚姻连同事业，一起拥有。"

豆豆讲起过去的两年，她在一所中学里教书，好学上进的她很快成了教学骨干，在教研室里担任重要职务。而张琪所在的设计院薪资待遇也很好，两年时间就赚到了房子的首付。豆豆说，张琪除了太忙，很少时间陪她外，能给她的都给了，包括包容、呵护和疼爱，当然也包括物质生活。

而过去的两年，我从北京回到这座城市，也经历了很多学业和情感的波折，对爱和家的概念已经逐渐模糊。可是，眼前的场景，却让我有了莫名的感动，内心涌起一阵复杂的情愫。如果这个世界还有人让你有结婚稳定下来的欲望，这个人一定是给了你一个踏实的家。

我问她："你觉得婚姻的意义是什么？"

她说："婚姻就是给彼此一个家。"

婚姻里，每一步、每一程都需要用心体悟，用心感知。如果按二十六岁结婚，七十五岁终老，我们有五十年的路程相伴要走，哪里会没有磕绊、诱惑，甚至伤害。可是，我们的感情终会在细水长流里留住岁月的精华。

后来，我离开了那座城市。但是，我知道他们的婚姻一直保护着彼此的爱情不受伤害。她有了宝宝，宝宝能爬的时候，她打电话说，现在真觉得对不起宝宝，因为她和张琪每天仍有说不完的话，有时候两个人一起说话或者看电影，就会扔下宝宝自己去玩。宝宝再大一些后，她就开始带着全家到处旅行，她经常会发他们一家三口其乐融融的照片，也会分享孩子成长的点滴给我。我知道她一直如她自己所说的那样，在用心感悟生活。

我愿意相信婚姻于爱情的意义，是升华，是保护。爱他，就是要给他一个安稳的家；爱他，就要给他一生的慈悲；爱他，就是要和他有说不完的话。

安心

> 爱情总有千般模样，可以被用来邮寄的爱情，也是异地的两个人呈现出来的爱情模样吧。虽然有爱而不得的惆怅，可是相爱总能敌得过时间和空间的距离，相爱，总能给彼此最踏实的安心。

被邮寄的爱情

在我们父辈的年代里，通信不发达，爱情是一封又一封的信笺，带着温馨、甜美、酸涩和惆怅的味道。从彼此有了空间距离开始，爱情就被打进了背包，邮寄成为传递爱情的唯一途径。每当夜深人静时，很多当面无法表达的情感，都被细细写在洁雅的素笺上，从带色的三角邮戳启程，越过万水千山抵达爱人的手心。

邮寄爱情凭几页薄纸而萌生一片葱郁风景。只是邮寄，也就深刻领会了"两情若是长久时，又岂在朝朝暮暮"的含义。

而如今，我们已经过了邮寄信笺的时代，便捷的通信手段不再需要情侣为了表达浓烈的思念，把一封又一封信丢进绿色的信筒。我们的时代正在以飞一般的速度前行，带着步履蹒跚的我们一路跟跟跄跄。人与人之间的情感也变得不再深沉，快餐消费不用全心，防备心的增加和安全感的缺失与日俱增。我们的爱情似乎也缺少了一点让人温暖的安心。

后来，快递风靡，任何吃穿用度都可以通过快递，在极短的时间里送达。于是，爱情又被打扮成快递的模样被邮寄。

晓靳和男友应该就是这样吧。自从恋爱的第一天起，两个人就跨越着半个地球的距离、十二个小时的时差。

她时常在明媚的时光里给地球另一边的他说晚安。忙碌的时候，两个人甚至无法找到一个可以说话的时段。晓靳时常说："你那边为什么不转得快一点呢？这样就能追上我了，我们就能在同一个时区了。"每到这个时候，男友就会宠溺地说："傻瓜，那你等等我转慢一点啊。"

他们表达爱情的方式，除了每天发信息、视频和打电话之外，还有就是快递。男友时常会网购一些自己或者晓靳喜欢的东西，然后快递给她。有时候是他吃到的一种很好吃的水果，有时候是他看到的小店里很有特色的饰品，有时候是他看过的一本书，有时候是冬天里的一条围巾。从吃穿用度到一些没什么实际用处的小玩意儿，他都会快递给她。就好像要把他所有的生活一股脑地打包寄给她。

他时常对晓靳说："我不能在你身边，就希望更多我喜欢或者你喜欢的东西能替我陪陪你。"他已经习惯了看到一件衣服，就想象晓靳穿上的模样；看到一件发饰，就想象她戴在发间的感觉。任何一个东西，都会想象她拥有时候的表情。晓靳喜欢有特色的耳钉，他会花很长时间淘各种款式的耳钉，再快递给她。他邮寄给晓靳最夸张的一件东西是他在网上定制的酷似他的软陶人偶。他一共定做了十个，每个都有不同的表情、不同的姿势。每个表情代表一个字，排列起来，是那句"愿得一人心，白首不分离"。晓靳看到这些人偶的时候，差点笑出声来。男友每一个搞怪的表情、滑稽的姿势，都让她忍俊不禁。

晓靳有次开玩笑地对男友说："你有过那种收快递收到手抽筋的感觉吗？我现在就有。"有段时间，她每天都会有一到两个快递提醒。单位门房接收快递的阿姨一看到她就说："男朋友又寄快递了。"她有些难为情，有时候会拿一些水果送给阿姨，表达自己的歉意。阿姨总会慈祥地说："没关系，你们也不容易。"阿姨一句无心的"不容易"让晓靳差点掉下泪来。

在同事的眼中，晓靳应该是最幸福的。每天都有收不完的礼物，有时候是一人高的玩偶，有时候是一束鲜花。总有女同事专门跑过来问晓靳今天收什么礼物了，表情里满是羡慕。晓靳很享受打开包裹的过程，拆包装时候的期待，看到礼物时候的欣喜，她一点一点地感受着男友为她挑选礼物时的用心。看着看着，就会热泪盈眶。她知道男友是为了弥补不在她身边的缺憾，给她每一份温暖。虽然，有时候她也会觉得再多的礼物也不及男友一个爱的拥抱。可是，在无法拥抱的时候，这份一直奔波在路上的爱，也会以完好无损的模样准时送达。

晓靳是个粗心的姑娘，工作忙碌的时候时常忘记吃饭。男友会挑选一堆她爱吃的零食快递到她公司，并嘱咐她饿的时候就吃一点。晓靳的工作每天都需要对着电脑，冬天冷的时候，男友会体贴地寄来暖手垫，让时常手脚冰凉的她倍感温暖。偶尔，晓靳会抱怨一个人打扫房子很麻烦，男友立刻会寄来智能扫地机。除此而外，所有生活中需要、她却没时间没精力去挑选的家具，男友都会给她挑选好寄过去。男友说，他不在她身边，很多事情无法亲力亲为，就希望能多想一点，多做一点，让她不至为了生活琐事花费太多精力。

因为时差，他们有很多事情不能同步完成。唯有周末，两个人才能在白昼和夜晚的交汇处彼此陪伴。有时候，晓靳工作，男友就一直在电脑那端陪着，即使到深夜，也迟迟不肯睡去。实在熬不住了，男友在视频里打盹，晓靳看着，觉得既心疼，又甜蜜。

爱情总有千般模样，可以被用来邮寄的爱情，也是异地的两个人呈现出来的爱情模样吧。虽然有爱而不得的惆怅，可是相爱总能敌得过时间和空间的距离，相爱，总能给彼此最踏实的安心。

愿你，能找到最适合自己的爱情方式。

心甘情愿

" 当你真正爱一个人，愿意被一个人牢牢拴住的时候，你渴望的不再是所谓的自由，而是要和他在一起。"

此刻的温柔陪伴，就是此生最长情的告白

我们时常会看到一些温馨的瞬间。走在上班的路上，我曾看到夫妻两个人互相依偎着在路边散步，男子腿脚不便，身体倾斜，重心完全落在女子身上，女子为了保持平衡，身体也略微倾斜，用力抵住男子的身体。男子长得高大壮实，女子却瘦小纤弱，两个人的身体触碰在一起，像一个完整的"人"字……在下雨的街道上，一位年轻的母亲为抱着孩子的父亲撑起伞，雨水湿透了她大半个肩膀却毫无知觉，一心只为照顾好身边的爱人；父亲小心地呵护着孩子，偶尔转过头来，看着妻子，眼神温柔。

每个温馨的画面背后，可能并不是我们想象得那么简单。受伤的男子也会因为腿脚不便而焦躁不安吧，年轻母亲也会和孩子父亲因为一些琐事而争吵吧。每个能让我们感受到的温暖和爱，都深藏着双方或者某一方的包容、理解、付出和陪伴。

这个世界上最温暖的事情莫过于当你经历风风雨雨时，一转头那个人

一直还在这里；这个世界最温暖的情话莫过于，我要陪你一起慢慢变老。你应该去想想，不善言辞的他默默陪在你身边已经多久了？岁月长，衣衫薄，此刻的温柔陪伴，也许就是此生最长情的告白。

果冻和荔枝是我认为挺奇葩的一对夫妻。在所有人都说再亲密的关系都要给彼此留有空间的时候，他们二人却好得像要黏在一起。刚结婚的时候，两个人就曾互相约定，除了每天工作的八小时外，除了不能一起出入的场合外，他们要保持同出同进，永不分离。在大多数朋友都不看好他们的相处模式时，他们自顾自地开始了互相陪伴的婚姻生活，这一陪就是十年。

两个人工作的地方在城市的两头，他们商量好每天早起，果冻会绕很长的一条街送荔枝到公司，自己再开车去上班。下班的时候，除非需要加班，果冻每天还是要绕很长一条街接荔枝，然后一起回家。果冻的工作比较忙，晚上经常加班，荔枝就会帮他买工作餐，在办公室等他。

他们说好，工作不能带回家，只要跨进家门，和工作有关的事情都不许被提起。晚餐也会一起准备，果冻准备食材，荔枝主厨，吃完饭，一个洗锅，一个洗碗，分工合理，配合默契。

两个人约好每晚都要有一段共同的阅读时光，书桌前静坐的两个人都要拿出自己喜欢的书，果冻喜欢天文地理，荔枝喜欢小说散文。大多时候，他们会各自专注地读自己喜欢的书，偶尔荔枝会分享她看到的很有道理的一段话，或者让她感慨的一段情节，两个人为此讨论一会，聊一会，再各自安静。

看完书，荔枝喜欢的电视剧开始了，两个人又会一起窝在沙发上追剧。奇怪的是，不喜欢言情剧的果冻，总也能和荔枝一起看得不亦乐乎，点评得头头是道。所谓爱屋及乌，大概就是这样吧。遇上待机的时候，电视会播放他们存放进去的照片，这些照片都是在他们曾经一起去过的地方拍的，有属于他们自己的回忆。果冻时常说，两个人一起回忆是一件幸福的事，它能让他们俩永远不忘初心。

我们都在质疑这样的相处模式，觉得时间久了会厌倦。每次聚会问起他们，他们都会相视一笑，说：相爱，就不会拒绝在一起；相爱，就是哪怕再平淡、再琐碎，也能找到生活的乐趣。

或许是吧，当你真正爱一个人，愿意被一个人牢牢拴住的时候，你渴望的不再是所谓的自由，而是要和他在一起。无论是冰箱里取出的新鲜食材做出的温暖味道，还是干衣机里取出的干爽、洁净的柔棉衣物；无论是辛苦了一天的疲惫和辛劳，还是孩子一个天真单纯的微笑，有你，这就是家，就是爱的味道。

撕扯

我们不吵了，好吗

她记不清这是他们第几次争吵了。挂掉电话，房间陷入一片沉寂。她走到飘窗上坐下，看向窗外。

窗外是星星点点的万家灯火。橘黄色的灯光从每一扇窗户印出，晕染在她泪光盈盈的瞳眸之后。

每次争吵，都让她精疲力竭。她在争吵中感到绝望。她分明感觉到两个完全不同世界的人在拼命撕扯，拼命想要将对方拽到自己的王国。每一个声泪俱下的表达，换不来对方的感同身受。他们用力表达自己，控诉对方，却没有一个人愿意低头。

争吵是一件让人难堪的事。两个原本很相爱的人，在一个有分歧的问题上，不断演绎，不断升级，再小的事，被上升到爱与不爱的高度，最终不可收场。就像一个本来毫不起眼的裂缝，最后演变成一道鸿沟。他们声色俱厉，把自己最糟糕的一面呈现给对方，暴戾，偏执，决绝。

她本是一个安静且淡然的人。很多朋友给她的评价是，温柔，与世无争。她在别人眼中做事冷静，情绪平稳，态度和蔼。可自从遇到他，在他面前，她像变了一个人，计较，敏感，任性。

或许是太爱了吧。她在意他的态度，计较他的忽略，生气他不能对她公平而语。她经历过一次背叛，在那一次毫无保留的信任中，她没有给自己留退路。因而，在面对他时，她变得敏感，多疑，没有安全感。

她否决感情里的从一而终，她不相信他会对她始终如一，她害怕再次被伤害，被抛弃。

这个世界上最令人痛惜的，不是你经历过怎样的伤害，而是在伤害之后，你缺失了信任的能力。

她明白自己的问题在哪里，小心眼，多疑，偏执，就像很多女孩子在一段感情里表现的一样，作，作天作地。她也会在他们和好的时候，歉疚地承认自己太作了。他会搂着她说，怎么办呢，自己宠坏的女人，跪着也要宠下去。可是，到下一次面对相同的问题，他们又会大动干戈地争吵。

他是一个简单的人，简单得眼睛里只有她。甚至在想到以后他们的孩子会和他抢她，他都会烦心。他介意她工作太忙，留给他的时间太少，介意她的工作环境异性太多。

或许他们是同一类人，太过相像。记得一个朋友曾跟她说，两个性格相同的人能否相处的好，取决于他们是否认可自己。或许如此，因为不能认可，他们的难过并不被彼此感同身受。

争吵到极致，她会将"分手"脱口而出，会不顾一切地要离开。可每次这个时候，他都会紧紧地拽住她，任凭她如何挣扎。直到两个人最后筋疲力竭，伤痕累累。

因为是异地恋，他们每隔两周会跨越一千多公里在另外一个城市见面。见面的所有时间加起来也只有两天，可他们会用一个黑夜吵架不休，甚至断断续续从开始吵到离开。可离开的时候，又会无比失落和遗憾。一次跨越一千多公里的相见，就在争吵中消耗了。于是，他们说，以后不吵了。可没多久，争吵又会卷土重来。

他们曾约定，无论她怎样竭尽全力要逃离他，他都不要放手。因为最后，她一定会乖乖回来，留在他身边。可是如果他放手了，她就会迷路，再也回不来了。

在一次她无比坚决地要分手之后，他对她说，看来这一次，我拉不住你了。如果你真的要走，那么，按你的心愿来吧。听到这句话，她突然愣住了。每次提出分手的是她，看起来强势又咄咄逼人的也是她。

事实上，她只是一个外强中干的空壳。她从未想过有一天他真的会放开她，更加没想过，如果他放手了，她该何去何从。

她在黑夜里痛彻心扉地哭泣，内心疼痛到不能呼吸。其实，这是一个可怜的女孩。像一个刺猬，生怕被伤害，因而竖起满身的刺，刺伤别人，也刺痛自己。

有人对她说，你没有找到那个让你心安的人。可是，他们分明那么相爱。她甚至一度觉得，如果失去他，她的生命就会变成灰色，不再有意义。

工作中的她知性，成熟。可在他身边，她就像个不谙世事的小孩子。他说，他最喜欢看她撒娇的模样，像一个需要被宠爱的小女生。她也很疑惑，他们终究是不合适，不能很好相处，还是太合适，都让彼此在爱情里变成了任性的小孩。

该怎么说呢？

其实，很多时候，我们都太在意自己的情绪了，忘记了无所顾忌地争吵是很解气，但是感情的裂痕会随着彼此的暴戾而愤怒地扩张。忘记了伤害的语言正是出自你们曾互相亲吻的唇齿。忘记了站在原地的那个人需要多么巨大的勇气，才敢去拉住一个拼命想要离开的人。忘记了在分崩离析的瞬间仍不放手，咬紧牙关再妥协一下的那个人，才是真的爱你。忘记了每个任性的资本，都是对方给予的爱。

这个世界上，可以用爱融化的问题，就不要用暴力去解决。用微笑可以面对的矛盾，就不要用戾气去相对。没有哪种感情天生是般配的，只是会经营的人，总能让彼此一点点契合。也不要相信，你们之间是否合适这样的鬼马理论，相处是技术，相爱才是王道。

我们不吵了，好吗？

踏实

爱情中的安全感

一次，我和两个闺蜜在群里聊天。米粒问："为什么当代人的防备心越来越严重？"

"这是当代人开放的缘故。"一朵快速敲出一行字。

开放？我和米粒都有些迷惑，二者有什么关系？

"因为开放，人与人之间的情感不够深沉，全部都是快餐消费，所以不用全心全意地付出。这种情况，会让人严重缺乏安全感。"一朵继续说。

"是啊，有时候看着微信里满满的联系人的头像，竟然会觉得恐慌。"米粒很感慨地说。

其实，米粒倒真是一个真正缺乏安全感的人，她有明显的防备心，做事谨小慎微，在不熟悉的人面前很少表露自己的看法和观点。前些日子，因为一场突如其来的情绪失控，她翻遍了微信所有的联系人，却找不到一个可以倾诉的对象，一生气把有几百号人的微信删得只剩十几个了。

没有安全感，对人就会缺失真诚，始终留有余地，也无法全心付出，对别人的靠近，会先以怀疑和防备示人。这样的心态自然也难以换回别人对你的真诚，于是恶性循环，人与人之间的信任感会逐渐坍塌。

时常有听众在后台问我："晓希，女朋友总是不能给我信任，我觉得很累，是我做的不够好吗，还是她根本就不爱我。"

我安慰他："有时候，信任感的缺乏与你无关，也许你已经足够好了，可是这个社会和你周围的环境让她缺少安全感，而恰好她也是一个容易被环境影响的人。"

这样的对话，总让我想起一个朋友，她和我名字同音，叫小西。小西是一个极度缺乏安全感的人，这可能与她的一次失败的恋爱有关。一次偶然的机会，她认识了现在的男朋友K。两个人在网络上相识，互相添加微信后，就开始了如火如荼的微信聊天。"聊"久生情，小西和K逐渐互生好感，两个月后便开始了异地恋。

两个人相距两千公里，加之工作繁忙，见面并不容易。即便如此，K

只要一有空，就会打电话、视频或者给小西发微信，尽可能地陪伴她。一到下班时间，K的电话会准时响起，小西把东西收拾一下，便会天南海北地聊一路，小西到家后，电话换成语音或视频，继续直播各自的生活。除了上班的八小时外，小西几乎知道K每一分钟的时间用于做什么。

偶尔，K也会有应酬，他总是早早地给小西报备，"老婆，今天有饭局，是几个哥们，没有女生，你放心""老婆，今天单位吃工作餐，时间不长，回去给你打电话"……

K知道小西生性敏感，为避免不必要的误会，每次外出活动，他都会先请示，如果小西不乐意，他也会无奈放弃。有时候和哥们吃完饭，哥们吆喝安排第二场一起唱歌，K总会拒绝，执意回家。哥们都说K是个怕老婆的人，K也只是笑笑。他知道异地的两个人，信任感很重要，他必须在乎小西的感受。

偶尔，他们会抽时间见面，地点选择二人中间的城市，既是见面，也是旅行。K对小西很好，见面的时候，处处照顾小西的情绪。小西只要有一点情绪的变化，K就会马上哄她，逗她开心。

有一次，K到小西的城市看她，临走前两个人在车站难分难舍。小西催促K快点走，不要延误了飞机，K卡着时间点总想多陪小西一会，时间一分一秒耗在"执手相看"的沉默里。等K下定决心打车离开的时候，已经误了起飞时间，K在路上改签了下一趟航班，到机场后，在等待登机的时间里，K还是无法心平气和地离开，想起小西离别时泪眼婆娑的模样，他心一横，拎起行李就准备离开候机厅。安检人员阻拦他，可他还是执意要回到小西身边。

有次，K到欧洲出差，忙碌之余和小西聊天："想我了吗？"小西正因为恼人的时差，和男友没有及时回复微信而情绪低落，加上出差身体劳顿，就回复了一句："想了，不过想得很绝望。"K立刻发来一堆信息安慰她，劝抚了半天依然无济于事，到中午K又发信息过来："不要不高兴了，买了小礼物送你，当作我不在你身边的补偿，好吗？不过，你要把酒店地址告诉我，大概晚上十一点多到。"

小西把地址发过去，工作忙完，就在酒店里等。静下心来想想也觉得自己太矫情了，因为失控的情绪让男友无法安心，本来出差事务多，行程又紧张，还要分心照顾她的感受，这样想着心里也觉得平静了很多。

好不容易等到凌晨十二点，送礼物的敲门声才出现。小西困意十足地打开房门，一个熟悉的身影慢慢走近房间，一边盯着她看，一边微笑地伸出双手，是K！小西惊讶地睁大眼睛，就像看一场大变真人的魔术表演。

这怎么可能？小西满脑子疑问，从欧洲到这里，十几个小时的飞行距离，中途还要转机，怎么可能在这么短的时间里赶过来，更何况中间他们也曾微信聊天。男友宠溺地摸着她的头说："傻瓜，不是怕你太想我，又想到绝望吗？我是包机过来的，从欧洲包机出发的时候就联系好了北京的包机，所以没有中转时间，而且飞机上有卫星信号啊。"

听完男友的解释，看着他有些憔悴的面容，小西有些惭愧，因为自己的情绪波动，让男友一路奔波。男友轻轻拥着她说："没关系，我千里迢迢跑来见你，就是想让你知道我爱你，可以放下手头的工作，可以付出更多的精力，也不在乎什么财富，只是希望你安心。"

第二天下午，男友又打飞的回了欧洲。匆匆来回，只是为了陪伴小西不足二十四个小时。临分别的时候，小西在心里对自己说，以后不可以太任性，应该对男友和他们之间的感情多一些笃定。

只是分别以后的日子，小西还是会不自觉地让自己陷入到矛盾的情绪里。她时常会为了一些小事闹情绪。她能敏感地从男友的语气里感觉出他对过去的回忆，一些关于另外一个女生的回忆，这也会让她耿耿于怀。尽管K一直在解释，一切都过去了，他现在心里只有她。她会因为男友无意的疏忽而情绪低落，因为男友的一句无心之话而生气沉默。

她有时候会难过地问我，是不是自己真的不够好，不值得爱，为什么一会儿觉得男友对自己的爱坚定而纯粹，一会儿又觉得他给不了自己安全感。这样的情感反复，让她觉得很辛苦，也让K觉得很累。

我告诉她，安全感是自己给的，任谁再好、再完美，也给不了你安全感，更何况这个世界没有十全十美的人和感情。

小西对感情的不确定和缺乏安全感，在很多女孩子身上都有体现，只是表现的程度不同而已。

一方面，异地恋本身是不安全感的促发环境，试想两个相爱的人本身处于需要全情投入的热恋期，恨不得天天黏在一起，却被距离割裂开来。一个拥抱就能解释的小误会，在电话里都变成了争吵的理由。很多琐碎的、根本不值一提的小事，也许四目相对的时候根本不是问题，却会被距离无限放大。另一方面，小西生性过于敏感，男友的无心之话也会被她小心捕捉并放在心上，日积月累就会成为一种根深蒂固的思想，偶有一天便会成为彼此对抗的情绪。

无论在怎样的情感里，安全感都是自己给予的。我们无法从周围的环境或对方身上获得安全感，能获得的只是一瞬间的幸福感。即便你觉得能获得，也可能是假象或者并不长久。缺乏安全感，最主要的是缺乏信任，缺乏对对方、对自己，以及对这份感情的坚定。想让一段关系变得美好而长久，信任是根基。如果你相信他，即便多次给他打电话他也不接，你也会告诉自己他一定在忙；如果你相信自己，对方一句无心的话也会被你忽略；如果你相信你们之间的感情，即便有前任、前前任，你也可以当这些插曲是调味品。

你没发现吗？当你无条件相信一个人的时候，你的幸福指数会增加很多，哪怕是愚信。因为很多事情靠猜测得不到结果，反而会失去很多快乐。与其敏感多疑，在东想西想的过程里浪费时间、浪费精力，不如暂且去相信，哪怕到最后发现自己被骗了，至少你没有搭上那段过程。

这是一个缺乏安全感的时代，当很多人告诉你，谁谁谁又找了一个小三，告诉你谁谁谁又离婚了，告诉你在婚姻里和谁在一起都一样的时候，你该告诉自己，那都是别人的故事，还有很多人在踏踏实实地过自己的生活，即便眼前这个人到最后依然会平淡，至少一起平淡的人是他而不是别人。

愿我们，都能找到爱情里的安全感。

无处可逃

"你已经如此深刻地镌刻进了我的身体和意志里，在我的每一次心跳、每一次呼吸和每一次思考里，坚定地存在。"

思念所达之地，目光所及之处，都是你

我说："我在想你，你能感觉到吗？"

你说："能，因为我也在想你。"

我是在连续工作了七八个小时的时候，想起你的。我常常一工作起来就会忘记时间，你说："你看你，真是一个独立到可怕的女人，女人都这么独立，要男人有什么用啊。"每次见面，你都会不厌其烦地说要按时吃饭，要早点回家。为了不让你担心，我会说："知道啦。"你佯装生气，别总是答应得好，边说，边轻轻搂过我的腰，温润的气息在耳边吹拂，说："以后，我一定不会让我的女人这么辛苦。"

我是在深冬夜晚走在回家路上，想起你的。每次和你走在大街上，你总会把我的手圈在掌心，放在你的上衣口袋里。你的手那么温暖，隔绝这个冬天的所有冰冷。第一次因为冷而握住你的手时，我惊讶，你的手在冰天雪地里怎么也能这么温暖。你宠溺地笑："那是，我是你的火炉嘛。"你知道吗？我的手脚一到冬天就会如冰一般彻寒，有时甚至会像冻透一般，寒至骨髓。我期待那双可以温暖我的手已经很久了，只是你怎么才来呢。

我是在无意间抚平额前的刘海时，想起你的。你总喜欢对着镜子拨弄额前的头发。手指划过额头，小指微微翘起，看起来有些俏皮，又有些可爱。你对着镜子里的我说："怎么样，是不是很帅。"我无语地转过脸去，这个爱臭美的男人，已经见缝插针地把自己夸到丧尽天良的地步。你看着我无语的表情，笑出了声。

我是在听到一首好听的歌曲时，想起你的。你会把一首自己情有独钟的歌无限单曲循环。我们在音乐里说话，或者沉默。开车的时候，熟悉的旋律从耳机传来，陪着我们聊天，陪着你回家。洗澡的时候，你打开音乐，音乐和着花洒喷水的声音，仿佛那些水滴也会跳舞。工作的时候，你问我，放首歌不介意吧，我说当然不会。是啊，怎么会介意呢，这个习惯已经陪我十多年了。而你，带着你的音乐来到我身边，多好，我的生活除了音乐，又多了一个你。

我是从一个荒凉的梦里醒来时，想起你的。我喜欢窝在你的臂弯里，双手簇在胸前，蜷缩双腿，把头深深埋起来。你的手臂一整晚都在我的脖颈下，填满身体的空白。有时候，我仰起头，你的鼻息轻轻拂过我的脸，熟悉的气味让人安眠。偶尔，因为工作，你先在床上等我，过几分钟就听见声音从隔壁房间传来，"老婆，好了没有啊""老婆，十分钟过去了""老婆，再不来，我就睡着了"……熟睡后，我离开你的怀抱，翻身到床边。你醒来后，总会用力地把我拉回你的怀里，双臂紧紧环绕着我，让我的脸颊贴紧你的脖颈，直至无法呼吸。一整晚都能拥抱的感觉真好，两个身体之间没有距离的感觉，真好。

我是在一个人吃饭的时候，想起你的。一个人吃饭真的好无聊，等待的时间和吃饭的时间都长得无以打发。翻翻朋友圈，玩玩游戏，放下手机就不知道该如何是好。如果你在我身边，一定会和我聊天，或者就这么傻傻地相互看着。我不喜欢吃太多东西，可是你吃饭的样子让我很有食欲。你每次吃骨头时都会说，好想把骨头全部咬碎，说这话的时候，你的表情专注而且可爱，惹得我想捏捏你的脸。可是，每次和你吃饭，你都会不停地夹大块的肉到我碗里，让我吃到很撑，再后悔吃太多，你却说，你要多吃，吃得白白胖胖的。我撇撇嘴，丢给你一个嫌弃的表情。

我是在逛街时看到绝味鸭脖的招牌时，想起你的。你那么喜欢吃他家的鸡爪，为了买到它，跑遍整个雁塔区。最可气的是，回家的路上，你发现了这家店，没等我反应过来，就把我和没熄火的车留在马路中央。来来往往的车摁着喇叭，从我身边绕过，我尴尬地低下头。心里不停地诅咒，诅咒交警一定要发现我，诅咒有一条交通规则对停在马路上的车罚款一万块，哼，看你是不是还会为了鸡爪丢掉我。不过，和你坐在房间的地毯上，毫无形象地啃着鸡爪的时候，我又很开心，和你一起吃尽我们喜欢的食物时，该是那件最细碎却又最心安的事吧。

我是在吃火锅的时候，想起你的。好吧，我总在吃的时候想起你，究竟我们俩谁更像吃货，我喜欢吃辣，你却一点也吃不了辣。第一次一起吃狠辣的火锅，你逞强地说没问题。结果，吃了没几口，就被辣得双颊发红，不停地呼气。我疑惑地问很辣吗，你疑惑地回答不辣吗，然后两个人笑作一团。我劝你不要吃了，你说你要习惯我的饮食，这样，我们才能吃到一起。相爱，真的是愿意为了对方改变自己，所有习惯都可以为他重新定制。

其实，在很多的瞬间，我都会想起你。拍下风景的时候，会想起你在我的镜头里笑得纯粹的样子；玩消消乐的时候，会想起我们在一起比赛谁玩得更好的场景；飞机从头顶划过的时候，会想起我在半夜机场里孤独的守候；想起你拉着行李箱走到我跟前时，伸出的双手和重逢的微笑。我不经意耸起鼻子的时候，会想起这好像是你常做的表情。原来，你已经如此深刻地镌刻进了我的身体和意志里，在我的每一次心跳、每一次呼吸和每一次思考里，坚定地存在。

那么，我又在想你了，你呢?

游离

“ 我们一直都游离在自己的心之外，任身边再多浮华，也有不可避免的悲凉。我们都缺少安全感，我们都太骄傲。所以，我们注定孤独。”

一些温暖的记忆

木棉花开的季节，我第一次见到她，没有我想象中那么忧郁。

"影……"我试探地叫她。

她看向我，眼神中透着冷傲，"我是希。"简单的介绍解释了自己的唐突，她的眼中闪过惊喜，亲昵地和我挽手、拥抱。影是我的听众，每晚我直播的时候，她总会写一些美好的文字发到短信平台。长时间电波里的交流，让我们第一次的相见没有尴尬。她说我是她预想的模样。我却告诉她，她和我想象中的不同。

开始，以完美的方式。

写字是一种瘾，回忆是一种病，而伤感则是终身不渝的残疾。她的骨子里总有一些凄婉，因为一段悲痛的记忆。影的丈夫是警察，在一次公差中因一场交通事故离世，留下她和一个未满两岁的孩子乐儿。我让她把自己的心情写出来，用文字埋葬曾经。所有的悲痛都该过去，你要面对未来的人生。她犹豫。直到那个午后，她口述，我一字字把她不肯释怀的过往敲进电脑。字写完，两个人都已经泪流成河。窗外，阳光媚得刺眼。

我把她的故事做成节目，用她最喜欢的背景音乐。我答应她，在直播间里一定不哭。可是，我食言了。那晚的节目，让很多听众潸然泪下，短信平台的信息如泉涌而至，都是满满的感动和祝福。有些冰冷的记忆是需要被暖化的，当一种情感被激起共鸣，温暖的力量是磅礴的。我挑选了一些阳光励志的留言读给她，希望她的情感得到释放之后，能变得快乐。

再一次看到她，她用"没有听节目"敷衍了我所有问题，直到安静聊天的时候，她才告诉我，她听完了我说的每一个字，手里拿着关于自己的故事的手稿，流尽了这几年来所有的眼泪。

"我和朋友在山上"，她打电话给我的时候，我正在吃晚饭。

我说："你喝酒了。"

她说："只是一点。"

我让她下山来找我，她说迟些会领着乐儿来。

一个小时后，她卷着夜色进了门，微醺。"你答应过我不再喝酒的。"迎着她的蹒跚，我责问她。她附在我耳边，呼吸里有酒精的气味。她的唇停留在我的脸颊，有温润的热度。她的表达，语无伦次。我轻抚着她："影，我懂。"

她呢喃："以后我们住在一起，带着乐儿，看着他长大，不结婚，不要男人。"

我们一直都游离在自己的心之外，任身边再多浮华，也有不可避免的悲凉。我们都缺少安全感，我们都太骄傲。所以，我们注定孤独。

我们说好一起去丽江，她说期待和我的出行，我没有告诉她我已经悄悄计划好了所有的行程。再次见面的时候，我满怀期待地准备和她分享我做好的攻略。她却说要去呼伦贝尔草原，票是第三天的，一个人。最终，我选择了沉默，依然选择一个人去了丽江，在铁轨的碰撞里梦了一夜。

她打来电话说为什么不告诉她我的行程，我说你的行程里也没有我。她在电话里哭，说担心我一个人，说想飞来和我一起。我阻止了。路是自己选择的，应该给自己一个圆满。

我们都太倔强，我们都不能更多地考虑对方。也许，我们需要的只是一场温暖，无关永远。

我喜欢影最初的真诚。后来，我知道我们都不再真诚。游离、敏感、偏执，我们都细腻得让对方和自己悲伤。我预言了一场分离，就像看到一场盛大的烟火表演，瞬间凋零，没有谢幕。

渐渐的，我很少再去关注她的字，她也很少听我的音。我们相识的两个理由都不复存在。我想起了在盛夏光年里，一个男孩子在沙滩上玩耍。累了，便趴在沙滩上睡去，暖暖的太阳晕染了梦的光泽。男孩子乘船远行，邂逅了一段时光。醒来后，却是梦一场。

也许，一切对影、对我，都是一次有关木棉花的幻影。美丽、炫红，却最终倾覆。

我没有爱和人相处的能力是一个不易靠近的人，相处的距离在固守的防线之外，都可以安好。一旦走近，就变得措手不及。也许，我们都惧怕了伤害。我时常会想，若干年后，在狭小的城市相遇，你的眼角会不会掠过一丝曾经的温暖，还是会骄傲地离开，正如我们骨子里的骄傲和尊严。或者我们会尴尬一笑，释怀那些年不曾成熟的情感。

生活是一场关于时间的杜撰。古人结绳，今人依然，一个结一个时间，过往便如岁月中的死扣，解不开，理还乱。有些人，在你的生命里出现，只为了陪你走一段，帮助你理解一个道理。

或许遗忘，真的是最好的归宿。

别离

" 我一直以为外婆没那么快去另一个世界，因为我们都一起熬过了寒冬，可谁知她却选择了在这个春暖花开的时节离开。"

那个最疼爱我的人

外婆终究走了。

电话声不断响起的时候，我正在教室里看着教授在讲台上手舞足蹈。匆匆地请了假，在极短的时间里买了车票，是晚上十点钟的火车。夜，黑得让我发慌。

外婆是我生命里一道浅浅淡淡的痕，有些疼，还有些涩。我第一篇像样的文字，是写给外婆的信，那封信被爸爸表扬了很久。小时候，有一次妈妈问我在我心里谁最重要，我说是外婆。为此，妈妈伤心了很长一段时间。那个时候，没有顾虑，只有感受。

外婆是我童年记忆的见证，很多记忆之外的故事都是被外婆拼凑起来的。因此，我捡回了很多流失的日子。

在火车的巨大声响里颠簸了一夜，我感觉时而清醒，时而模糊。车窗外漆黑一片，我极力睁大眼睛想要看清什么，却是枉然。

回到家里，外婆已经入殓，我始终没有再见外婆一面。拜祭完之后，我轻轻抚着漆黑的棺木，泪水就这样掉了下来，我以为我可以不哭……

夜晚，陪着外婆在灵堂的草垛里坐卧了一宿。我突然幻想，外婆在另一个世界可以和我感应，我想问问她走的时候是不是很痛苦，我也想问问她，远方的另一座城里她会不会寂寞。

外婆是一个凄苦的女子，辛勤操劳了一辈子。外公在很早的时候就过世了，她一个人带大了儿女，又带大了孙辈。可是晚年却变得偏执，和所有人对立起来，仿若要抛弃整个世界，被她带大的子孙都因不堪忍受而远离。当一个人活在自己的天地里时，该是多冷凄，所有的朋友和敌人都是自己。

每天都在忙碌，迎来送往，疲乏得我整个脸都开始浮肿了。我突然就开始愤怒起来，不知道这样的疲于奔命对人生有什么意义。在生命的表象里，有多少成分是做给自己的，也许人的一生，都是在为他人而活，死后也不能幸免。

三月的夜，依然很冷。我一直以为外婆没那么快去另一个世界，因为我们都一起熬过了寒冬，可谁知她却选择了在这个春暖花开的时节离开。究竟，生命的季节是以怎样的节奏轮回。

坐在火堆旁，我的身后是漆黑的夜，木柴燃烧的辛辣味道在清冷的夜色里粘结成愁，有了重重的窒息感。妈妈依然在远处操劳，我却再没有力气去帮忙。我突然感觉到自己的卑微，在这个夜里，我该以一种怎样的方式葬去……

送走外婆的清晨，雨丝纷飞，连绵不绝。我手里紧紧握着一根白烛，一步三滑。我想让自己握住更多属于外婆的东西，我甚至想扶住棺木一起前行。可是，我什么都做不了。

外婆被抬进了土井，周围的人开始铲土覆盖，我再一次泪流满面。这薄薄的一层土隔开了两个世界，成了我永远无法企及的地方，也成了我永生的念想。

远处，群山缭绕，一片迷茫。

我跟表妹焦说："你看，外婆的家好漂亮，她住在里面一定会舒适的。"表妹焦拂去我的泪，轻轻地点了点头。

是的，我一直努力让自己学会看透生老病死，明了人间沧桑。然而，我始终要在人世情仇中跌跌撞撞，我已经让自己不去悲天抢地，我已经开始顾忌和控制，可是，我依旧悲伤。

希望外婆，这个一生悲苦的女子，可以安在天堂。

迁徙

> " 我始终记得外婆在暮色里远远遥望的模样，像一尊雕塑，站
> 成我童年岁月里的永恒。 "

我要我们在一起

我总是跟父母说，像我们这样的人是没有太多朋友的，因为一生都在迁徙。走一路，丢一路，再好的关系也会在时间的长河里渐渐淡去。

在我的记忆里，我们一直在搬家。我出生在西北的一个小小县城里，出生后没多久，父亲就复员到了千里之外的山西太原。母亲是县城里的干部，和父亲度过了一段时间的双城生活后，放弃了工作，跟随父亲来到了山西，把我留给了外婆。那一年，我两岁。

外婆的老房子是方圆百里有名的花房，每次说起，外婆都带着自豪。门面上是原木镂空的吉祥图案，粘着旧时的窗纸。中堂的门槛很高，外婆从来不让我们坐，一发现，就会抬起枯瘦的手轻轻拍在我们的屁股上。中堂正中挂着观音画像，旁边是长长的家谱。那时候，我和外婆住在一个小阁楼，阁楼中间放着一张不大的床，床面是旧时候缝制的被子，上面还有大朵的牡丹刺绣，颜色艳丽。小阁楼是我眼里最神秘的地方，外婆总能从里面变出很多好吃的给我们，有糖果、花生，还有苹果。

只是，我时常会想念妈妈。可想的越多，妈妈的面孔就越模糊，直到四岁那年，妈妈接我到了她的身边。我第一次跨进了那个只有五十平方米的房子，房子里有一个又长又黑的走廊，走廊尽头是一间小小的储藏室。妈妈腾出里面的杂物，安置了一张一米的小床，床之余只够一个成人转身。这张床成了我第二个安身之所。但是，我很喜欢它，因为它被安置的很高，旁边有一个直梯，我可以从这里上下窜动。这个狭小的天地隐藏了我太多秘密，有被藏起来的糖果，有一封准备要离家出走的信，和偷偷买来的洋娃娃。

而最让我开心的是，我可以被妈妈牵着手去幼儿园，可以和父母坐在一张桌子上吃晚饭，还可以偶尔撒娇地问他们要一个心仪的玩具。可能是两年分离的原因，他们对我格外照顾，基本上是有求必应。我猜，他们是想要弥补两年里对我的亏欠吧。

九岁的时候，因为父母工作调动，我们搬进了新的小区。楼层很高，房子很大，小区环境也很好。我最喜欢的是楼前面的幼儿园，经常翻过栏杆，从里面高高的滑梯上滑下来。也会领着一群小女孩和另外一群小男孩打架。我终于有了一个宽敞明亮的房间，里面可以放下一张一米五的床，床面是妈妈用上好的棉絮打出来的被子，床单和被罩都是我喜欢的小熊图案，床头的灯闪着橘黄色的光。最幸福的事情，应该是妈妈每过段时间便会买来很多雪糕和冰激凌冻在冰箱里，允许我每隔一天吃一个。我还记得每天早晨妈妈都会给我做好早点，叫醒我。我吃早点的时候，她会给我温柔地梳头发，再扎上漂亮的蝴蝶结。晚饭后，我们一家三口会一起做游戏、看书。那时候，没有手机，也很少看电视，我们在一起的每一分钟，都是真正的陪伴。

我们偶尔也会回老家，那是四年的间隔。需要挤很长时间的火车，经常被滞留在中途，也有过被从窗户塞进车厢的经历。每次见到外婆，我都会高兴地扑进她怀里，亲遍她的脸庞。她也会立刻从小阁楼里拿出好吃的，边塞给我边说：快吃，都给你留着呢。四年的一次见面让分离变得异常难过，外婆总会站在房子的后院，一直看着我们离开。我边走边哭边回头，有时候忍不住，又会冲回去抱住外婆，哭得肝肠寸断。外婆一边哭，一边催促着我快走。就这样，一次次离开，一次次再跑回来，直到再也看不见她。

我始终记得外婆在暮色里远远遥望的模样，像一尊雕塑，站成我童年岁月里的永恒。那时候，我恨死了这样的离别。当有一天，父母跟我商量想不想回老家上学的时候，我不假思索地答应了。于是，举家回迁。父亲总说，叶落归根。我想，他开始老了。那一年，我十四岁。

刚回到母亲工作过的小县城，我突然就后悔了。我无法抑制地想念在山西的小区院子里一起疯过的小伙伴，离开后的很多个夜晚，我都会梦到他们对我不理不睬，任凭我哭得有多难过。我害怕他们会忘了我，而事实上，忘记这件事只与时间有关。我们终于还是忘了彼此，

不再有联系。

父母进了行政机关，收入减少了很多。我再也没有雪糕可以吃，也再也没有要到一个喜欢的洋娃娃。没有房子，只能临时租房住，房间只有三十平方米，两张床被一个衣柜隔开，就成了我们临时的住所。我清晰地记得父亲满头大汗收拾行李的时候，自言自语说了一句：难道回来错了？

错了吗？我也这样问自己。或许吧，不用一个小时就能转一圈的县城，两座高山夹着一条河的逼仄感，校园里所有人都讲着自己听不懂的方言，这一切都让我变得越来越沉默。唯一的期盼是假期，我可以回到外婆家，搂着她的脖子一起入睡，可以吃到她做的可口的饭菜。后来父亲高兴地说，单位要修房子了，这变成了另外一件可以让我期盼的事情。房子修好了，父亲每次一回家我就问他是不是拿到了新房钥匙，可父亲总是摇摇头，说还没有。这样的对话持续了很久，突然有一天，我发现我不再追问父亲这个问题了，或许对一件事情失望太多次，也会死心。甚至当父亲高兴地拿回那串被我期待了很久的钥匙时，我竟然只是淡淡地说了一句"挺好的"。那一年，我十七岁。

阳光充足的阳台和厚重的落地窗帘，是我对新房子最深刻的记忆。只是，我没有在这个新房里住多久，十八岁那年，我离开了县城，去了省会，这一去就没有再回来。这个被称作家乡的地方，注定成为我途径的驿站。

毕业后，我又迁到了遥远的南方。工作几年，用父母和自己的积蓄买了属于自己的第一套房子。虽然房间不大，可我依然按照喜欢的样子精心装修，任性地买了一米八的大床，把小小的卧室塞得满满当当。

只是，我又步入了父母辈的生活模式。离家千里，每隔两年才能回去看望他们一次。稍微不同的是，高铁、飞机等更发达的交通工具让两地的距离大大缩短，回家的路也不再漫长。父母的爱在聚少离多的日子里变成了我的每一餐、每一个必需品，变成了我想要的每一件衣物。他们总是不厌其烦地问我需要什么，想吃什么。依然还是有离别，每次被父母送机的时候，看着他们逐渐苍老的脸庞，我的内心都会泛起一阵阵酸楚。他们站立的模样，让我想起了过世很久的外婆。

人世，会永久地轮回着，从子女到父母，从离开到送别，我们都是在这一场又一场离别中尝尽了人间恩情。可是，我还要坚守叶落归根这个准则吗？

我开始劝说父母卖掉家中的房子，到我身边定居。他们希望和我在一起，可是母亲总是舍不得她的房子，顶层的小花园是她和父亲设计的，精心打理了很多花花草草，还有干净的蔬菜。于是，我开始努力工作，希望为他们在我身边安家。我在工作中加倍努力，在自己的工作领域占据了一席之地，薪资也每年渐涨，今年真的如愿以偿了。房子选在我所在的小区，为了和父母彼此有照应。我想，家人团聚，总是这个人世间最美好的事情。无论曾几多奔波，几多艰辛，当我们能看到彼此的时候，都会是一种幸福吧。

一路成长，一路迁徙，从西北到北方，再回到西北，再到南方。我得到了很多，也失去了很多。那些曾经陪你走过一程的人，都在每一个特定空间里成为永久的记忆。有些人的离开总是会让人难过，比如孩童时的玩伴，长大后的挚友。

于是，我总是跟父母说：像我们这样的人是没有太多朋友的，因为我们这一生都在迁徙。走一路，丢一路，再好的关系也会在时间的长河里渐渐淡去。

母亲却看着我说：是啊，可是无论到哪里，我们都还在一起，不是吗？

对，无论到哪里，我们都还在一起，这该是时光给予我们的最大的恩赐。

笃定

> 时光更迭，每一个人都用丰富的积累和笃定的内心让自己变得越来越美。

十年，你是否成为更好的自已

你是否还能记起十年前，你在哪里，做着什么，和谁在一起，过着怎样的生活？

嘉璐突然想起这个问题，是在一个清晨。和煦的阳光从窗帘的罅隙间穿过，触碰到她的眼睫，有温柔的妥帖。她轻轻起身，下床，简单洗漱后，开始准备早点。嘉璐知道，过一会，司铎会起床，经过厨房的时候给她一个早安吻，然后叫醒一双儿女，和他们一起围坐在餐厅，分享她的爱心早餐。她知道司铎会温柔地跟孩子说笑，并送他们去幼儿园，送她上班。这本是和之前数千个日夜没有差别的一个早晨，可是，嘉璐却觉得格外温情，可能是今天的阳光特别煦暖，也可能是今天的心情格外好。

幸福很多时候都是在一个不经意的瞬间被体悟到的。嘉璐给我讲述这个场景的时候，一脸幸福的模样。眼睛清澈透亮，如同没有经过世事的纷扰。任谁在第一眼看到这双眼睛都不会想到，十年前，她也曾步履维艰，差点放弃自己。

嘉璐是我最好的朋友，初二我从另外一个城市迁回老家，就住在她家小院的隔壁。虽然成长轨迹不同，可是我们却一直都是彼此精神上最好的陪伴。

嘉璐曾经有一个男朋友，叫刘星。大学最清澈懵懂的时期，她被这个执着热烈的男孩子苦苦追求了一年。其实，刘星不是嘉璐喜欢的类型，没有坚实的体魄，学习也不够出类拔萃。嘉璐却是被公认的系花，不仅外表出众，还是典型的学霸。刘星为了追求嘉璐可以说是用尽了心思。那个时候，手机在大学校园里并不常见。刘星用两个月的生活费给嘉璐买了一部诺基亚手机，自己却一日三餐吃馒头度日。半夜为了给嘉璐买夜宵，翻过高高的栅栏，摔伤了脚踝。打着石膏一拐一拐地，仍然坚定地出现在嘉璐需要的每一个场合。时间长了，舍友都看不过眼了，劝嘉璐接受刘星：这样的男孩太难得了，和他在一起你什么都不用操心。

或许是被刘星的锲而不舍感动，或许是被舍友劝服，嘉璐在刘星第 N 次隆重的表白下，接受了刘星递过来的玫瑰。我一直记得嘉璐在答应刘星的那天打电话给我说，感情可以慢慢培养，碰见一个如此拼命爱自己的人却太难得。

事实上，在后来两个人三年多的恋爱里，刘星确实把嘉璐宠成了公主。毕业后，嘉璐的父母强烈要求她回到老家做了一名中学教师。而刘星却选择留在省城。两个人分开的时候，刘星曾信誓旦旦，给他三年时间，三年里挣够了钱，就回到老家风风光光把嘉璐娶进门。

或许大学的爱情太过纯净，如同没有呼吸过尘世气息刚出生的婴儿，离开母体，在满是细菌的环境中，缺失了抵抗力。他们的异地恋只持续了半年，就以刘星跟嘉璐说爱上了别人分手而告终。

那个夜晚，嘉璐不顾父母的反对，在大雨里打了一辆出租车一路开到了省城。凌晨三点，当她浑身湿透，敲开刘星的宿舍门时，那个女孩披着睡衣冷眼看着她，像看着一个失败者。

她被这样的眼神和刘星冷漠的表情深深刺痛，她不明白，那个对他嘘寒问暖，呵护备至的男人怎么可以对她如此冷漠，她不相信那个说尽天下甜言蜜语的男人怎么可以将"请你离开"说得如此淡然。

她离开，在院子中央的一棵大树下，蹲下来。她或许还心存期待，那个男人会念及一些旧情，跑出来找她，请求她原谅。她甚至以为他一定是有什么难言的苦衷，才会这么绝情。可是，直到大雨渐停，东方发白，他也不曾出现。

这之后，她整整一个礼拜没有去上班，也没有请假，把自己关在房间里，终日不开灯。一个星期后，她打开房门，头发蓬乱地出现在父母面前，说了一句，我要吃饭。母亲慌忙跑去给她做吃的，边做边掉眼泪。

后来，嘉璐在跟我说起这一个星期的心路历程时说，她其实想过很多次放弃自己的生命，也偷偷地把一堆乱七八糟的药吞进肚子里。可当第二天的太阳照常升起的时候，她发现自己竟然还活着，突然觉得很感恩。那一年她二十二岁。

忘记的过程是艰难的，在不断地反复里，她忽而振奋，忽而颓废，忽而觉得忘记了，忽而又陷入其中。状态好的时候，她彻夜看书，坚持锻炼，到处旅行。也曾在低潮期不停地将各种食物吞进肚子里，然后再疯狂地吐掉。

真正从这段情感里走出来，是在遇见司铎之后。这个阳光帅气的男人，符合她对另一半的所有想象。司铎给予她的爱与刘星不同，是理性而温和的，没有强烈地想要宠着她，没有明目张胆的独占欲，像春风，像细雨。他追求她的方式，也不是倾尽所有去付出，而是有节制地陪伴，他陪她一起去图书馆，健身，听音乐会。他们因为一本书而讨论，因为一个观点而争执，司铎从来不会过分地谦让嘉璐，但是却总是能给嘉璐新的思路。那一年，嘉璐和刘星分手三年。

在司铎的陪伴里，她缓缓打开心扉，调整心态，将更多心思放在工作和自己身上。他们一起旅行，看不同的风景，司铎用五年的时间带她走遍了大半个中国。司铎对事物积极正面的看法给了嘉璐很大的改变，她渐渐也能用平和的心态看待她和刘星的感情。

或许她和刘星之间爱的成分本身太少，感动不能代替爱，而刘星的离开，或许是成长阶段他对自己情感的重新认识和定位。新的环境里，他更希望另外一个人给予他安慰。她逐渐意识到，自己在前一段感情里也不是没有问题的，有些恃宠而骄，任性，脾气急躁，对刘星的付出也认为理所应当。她也逐渐明白，遇到好的爱情，一定要变成一个更好的自己。

在嘉璐二十八岁的时候，她和司铎结婚了。婚礼前一天深夜，她收到一条匿名短信。短信里满是对她的思念和分开多年的懊悔，她知道是刘星。她听说这几年刘星过得也不是很好，工作起色不大，女友也换了几任。可是，她没有任何幸灾乐祸和报复的快感，她只是平静地删掉短信，安然入睡。

如今，婚后四年，嘉璐和司铎的感情依然如故，平和温婉，细水长流。他们有了一双健康可爱的儿女，一家四口其乐融融。偶尔跟我说起过往，嘉璐也能坦然面对。她现在唯一后悔的事就是曾经为了一个人对自己有过的伤害，以至于患上了慢性胃炎。

她说，时间在每个人的身上产生了不可估量的改变，从外在到内里，从形象到精神。你发现，那些为了抵抗悲伤而阅读过的大量的书籍，成了让你更有思想的途径；那些为了忘却回忆走过的路，让你明白外面的世界很精彩，你该有更好的模样和心态；那些让你伤心难过甚至绝望的人，成就了你如今的优雅，平和，让你的内心变得愈加强大。

十年，无论你是否看到，你肯定在某个方面成为更好的自己。比如，十年前，你一个人吃一个人住，生病了没人照顾，摔倒了自己爬起来，受伤了自己擦拭伤口；十年后，你有一个始终如初疼爱你的老公，有一个无比可爱的女儿。十年前，你处在生活窘迫、压力巨大，看不到希望，几度抑郁的毕业初期；十年后，你有了稳定的收入，逐渐进入岗位核心，有了对未来更好的期待。

我相信，时光更迭，每一个人都用丰富的积累和笃定的内心让自己变得越来越美。

不惧时光，笑面未来。

寄托

拉萨，日光倾城

从稻城回来，我放缓了去西藏的计划。总以为一次旅行的半衰期该有半年，可我情愿用一年的时间品读一次行走，况且藏区需要更多时间和情结上的缓冲。

只是，很多东西都在不期中有了约定，时间、伙伴、心境让一切顺理成章，于是我又背上了行囊。

无论是哪一段路途，我都喜欢在车上的感觉，速度总能给我存在感，唯有这个时候，心才在状态。

从兰州到拉萨的直达火车错过了很多沿途的风景，我一直在铁轨的碰撞里幻听幻觉。凌晨三点，当我再次清醒起来时，窗帘在摇摆中透出皎洁的光亮，我趴在中铺，掀开窗帘，高原的夜就这样清晰地呈现。

我想我一直是在用梦的眼神看她的，所以她才有这么多迷离的美。一望无际的平野闪现着诡异的白，那是冻结的颜色；地形微小地起伏着，一切都清晰可辨，却又带着隐晦和含蓄；视线可以抵达很远，肆无忌惮。

很多时候，我们都遗忘了自己究竟喜欢什么，唯有它出现在你眼前的时候，才能感受到它给你的力量。

跟朋友说起我要去拉萨的时候，他们都有一定的担忧，海平说：那边很多地方路况不好，常有大雪封路。我感激这样的牵挂，只是我不知道自己还可以这样坚持多久，既然心之向往，就该让自己启程。

大概每个喜欢行走的人都会有一个关于拉萨的梦，我的梦里总有蓝天和稀薄的尘世气息，我想它给了我想要的色彩和内涵。

百五说：后悔吧，这个季节来这里。我说不会。

夏天的拉萨街头，三分之二都是来自世界各地的游客，它会因为浓郁的商业气息呈现出与内在不同的模样。令我们向往的，正是抛却了这些繁文缛节的真实灵魂。当然，还因为这个节令，阳光不会暴晒皮肤，这个季候，有更便宜的开支。

和美丽说起信仰，她说我们该相信一些东西。这是我一直想做的，只是内心总有些所谓的优越感，不知道什么能让自己始终如一地臣服和敬仰。所以，我只能无根地漂泊。只是，信仰一直是我内心不可触及的东西。

无论是拉萨的街头还是寺庙的门口，或者是从林芝到拉萨的路途，磕长头的藏族人是内心最坚实的触动。我想，这才是西藏的魂。

我时常会在大昭寺朝拜的人群里静默。身边的人一簇一簇地经过、离开，男女老少。他们有一样的表情，他们有相同的姿势，我想他们内心的纹路也是相同的吧，因为，他们有一样的信仰。

我看到他们双手合掌，从头顶划至胸前，再到胃腹，然后弯膝，面伏，双手沿着身体划至头顶，最后轻轻叩首。看着他们磨损的衣服，看着他们始终如一的坚定和虔诚，任何语言都显得多余而苍白。

藏漂是拉萨的特色，很多内地人行走到这里，最终都会留下。他们的眉眼和唇角都或多或少有些沧桑，那些细细的纹路里该是写满故事吧。

我喜欢那些开放给背包客的旅社和餐吧，它们总是有暖黄色的格调。来自世界各地的人，在这个狭小的天地遇见，一个点头，一抹微笑，转身，或许就是一辈子。

这个世界有太多种人，他们因为生活状态不同而过着迥异的生活，我们所过的生活只是其中的一种——无法丢弃的社会责任和家庭责任，只是偶尔可以寻得一次角色转换的机会，这样，已经足够。

玛吉阿米，藏语里叫作未嫁娘。我喜欢这个名字，在民间相传是六世达赖仓央嘉措会见情人的地方。很多人都会慕名前去，喝一杯甜茶，翻翻书页，或者再想想这个民间追捧的诗人该是如何的容颜。

矮房子是一个出售各类酒水和音乐碟片的地方，因为有从尼泊尔和印度淘来的音乐CD吸引我们。刚到拉萨的夜晚，和美丽坐在吧台前，缓慢的挑选、交谈，悠闲而自在。

出售CD的女孩从安徽来，有那边的女子特有的脸型，我喜欢她淡淡的气息，和些许的冷漠。刻录的碟片价格不低，我极爱黑胶碟的质感，留着吧，无论多久，都是一份关于西藏的念想。

我对布达拉宫的模样早已谙熟于心，可是当自己真正和它对视的时候，我依然被触动了。它恢宏，所以拒人于千里之外；它高耸，所以需要人仰视。我一直用尊重的视角静望它，眼神无力游移。

对宗教，我没有信仰，有的只是由心而生的尊重。可是布达拉宫却让人无缘由地想要靠近，想要凝视。是因了那巧夺天工的建筑艺术，还是红白瓦墙内里的虔诚信仰，无从而知。

白日和夜晚的布达拉宫气息迥然，我更偏爱夜幕背景里的气势，褪去了白日的喧嚣，她更加安静祥和。

短短的十天拉萨之行，我去了布达拉宫四次，每次都会久久凝视。走之前，和谈翔在黄昏时分等候布达拉宫的夜景，直到华灯初上四周渐黑，才聊起一些内心的话题，或浅显，或钝重。

话题触及内心的时候，我会望向它，就像为了得到一个肯定或者取得一份安心。虽然，我们都明了，能让自己安心的从来都不是外在，而是自己。

色拉寺给了我一个下午舒畅的心境。美丽说，她喜欢这里的安静，比起布达拉宫，觉得这里更容易贴近内心。我是有同感的。如果布达拉宫是需要仰视的，那么色拉寺就在你平视的视域内，她靠着心房，贴着呼吸，有清修的安宁。

我们一路上见到了很多动物在寺里休憩，有成伙的鸽子、懒懒的猫、跛脚的黄狗，他们仿若也在享受这里的清闲，对经过的游人没有任何兴趣。我又开始臆想了，期待可以拥有整个冬天，在这里晒太阳，感受安宁。

从拉萨到然乌，来回一千七百多公里的路程，我们一直走在荒凉里。也许，冬天的西藏是不适合迁徙的，因为万物无一例外地处于封冻的状态。只是，林芝，这个高原小江南不经意就给了我们太多期待。沿途的风景和稻城很像，只是水更绿。

枯水期的尼洋河依然逶迤多姿，大片的红柳和枯黄的草野给了生命最苍凉的颜色。我知道我不该去比较和想象，因为每个季候都有它的艺术体系，这颜色、这视觉是其他季节都不曾有的。可是，我依然想象夏天的然乌，想象一望无垠的绿色和零零点点的野花，想象更加透亮丰腴的尼洋河。

此刻，我又记起了拉萨，那个拥有温暖微笑的城市。我一直用微笑来丈量一个城市与心的距离。

我是一个在路上时常会失语的人，看到的、听到的、感受到的都会沉默在心里。我跟美丽说，如果有机会，我依然会来这里，依然会选择冬天。

随着年岁的增长，很多浓郁都淡化开来，也更加喜欢悄无声息，我们需要这样的安静给心灵一些滋养。

回归，即是下次期待的开始。

代价

> 岁月剥蚀之后的情感喷张究竟是爱情还是激情，她不明了。陷入，却是一场劫。在冲锋陷阵的爱情里，血流成河，所有人都不动声色。

她愿意这样沉默地去爱，直至衰老

她深深地陷进沙发里，想念一些流离失所，一些若近似远。偶尔，望向左侧，她看到紧闭的房门在午夜落寞得如同垂头散发的女子，心在倏忽间变得凄冷。

也许那个时候，他也是这般望着不曾开启的门扉痴盼守望，如今相同的剧情却换了角色。这个世界，公平得让人害怕。

门锁旋动，声音在寂静里刺中心上的痂，痛变得慌不择路。她慌乱地抹去眼角的泪，闭上双眼。她听着他换鞋、洗手，带着难闻的酒气走向她，有湿热的气息、浮动眼睑、浮在她的脸上，她微微侧过脸去。拖沓的脚步逐渐远离，她的心也渐渐沉下去，沉至深渊。

夜缓缓恢复了平静，最后，波澜不惊。

曾经，这个男子温柔如水，简单明媚，她在他的手心里安静如花。她想起了他好看白洁的牙齿，耀在清朗的阳光里，她想起一起牵手的幸福是最简单却安心的画面。

美好，就这样散落在回忆里，浅淡、柔软。她拥有了他，后来却丢失了他。

在生活黯淡的时候，她义无反顾地站在另一个男子身边，观望一场爱情的对弈。她以为，爱情该是不断探索的完美。她渴望自由，渴望飞翔，渴望激烈的爱和被爱，像是寻找一段失散的爱情，她跌跌撞撞、步履蹒跚，却坚持前行。执拗是一张网，她在这张网里作茧自缚，自恋、追寻、幻灭，她终是在丝网的禁锢里沉沦。

只是，岁月剥蚀之后的情感喷张究竟是爱情还是激情，她不明了。陷入，却是一场劫。在冲锋陷阵的爱情里，血流成河，所有人都不动声色。

那个黄昏飘起了细微的雨，雨滴没入在这个肮脏的世界，溅起一地荒凉。她看到他遍体鳞伤，像一个受伤的孩子，想要寻求保护，却无处可依。他记得他有力的十指捏疼了她的肩膀，他记得他瞳仁里的哀伤，她记得他用低沉到绝望的声音问她为什么，她在他的脆弱里颤抖、恐慌。她终于开始担心，担心失去。

那个瞬间，七百个日夜像胶片一般匆匆退回，退回到纯净的往事里，她还是那个她，而他亦是那个他。没有叛逆，没有伤害，她在这个男子心痛的眼眸里读懂了两个字，两个让她一直否决和辩驳的字：背叛。

心，真的很疼很疼。

他终归是原谅了她，用他一直以来的宽容。那个黑夜，她疲惫得睡去了。梦里，是一个拥挤的站台，她在人潮中找他。她发疯般拨开簇拥的人群，却看到他静静地坐在车厢里，冷冷观望。列车开动的时候，他挥手告别，缺失了表情。四目相对的那一刻，她的心一惊，睁开了眼，却在一个瞬间看到了他的眼神，他就那样在她对面侧身而卧，月光从窗户照进来，打在他没有丝毫生气的面容上，她看到他的表情陌生而清冷，她的心微微一颤。这个夜晚，他一直不眠，他一直这样看着她。

她突然明白，有些痕迹是永远都抹不掉的。沉默，并不代表遗忘。他与她，即使近到没有距离，也会在罅隙里潜伏一个浮凸的形影，等待一点空气，然后膨胀。

她倏忽变得苍老了。慢慢淡出一些人事和纠缠，如同卸了妆容的戏子，粗糙的眉眼胭脂残留。她慢慢习惯了守候，习惯他回来之后微醺的酒气，习惯了黑灯之后各自入眠，身体之间留有大片空白。她明了这一切都是因果，她教会了一个男人如何成熟、冷漠，她也因此必须学会和这些冷漠相处。

只是，他一直都不知道她依然爱他，死而复苏的爱，青涩，自卑，连声张都显得奢侈。她愿意这样沉默地去爱，直至衰老。她知道总有些代价是需要自己承担的，她需要为自己的行为买单，即使以后她再也无法得到他的爱，她因此逐渐荒芜的身体和情感，也该低眉而过。

夜，未央。她深深地吸了口气，冬天就这样装进整个心里。

归宿

> " 我们是两个世界的人，可是我们却有了频繁的交集。所有人都诧异，安于一个人过日子的我们，会那么笃定地想要在一起生活。"

我已经留下了，你还要走多远

再次见到蓝，已经是三年以后的事了，我们约在星巴克见面。我特意施了淡妆，穿了一件粉色长裙，长发在脑后挽成一个蓬松的发髻。临出门前，看到镜子里的自己，发现三年的时光，镜中的人已然改变了很多，少了很多青涩和随性，多了些许端庄和内敛。那么他呢，三年后的蓝是否还是那个一尘不染、中规中矩的少年呢？

一进门厅，我就看到了那张熟悉的脸，皮肤黑了许多，只是比三年前愈发坚毅。想来，这些年的行走让他的外表烙上了更多风霜的印记。蓝靠窗而坐，目不转睛地盯着桌上的笔记本，身体松散地斜倚在沙发后背。他嘴角上扬，似乎在看着什么让他开心的事情。手臂搭在沙发扶手上，手腕间是一个有着民族特色的链子。这个男子的一切，和三年前离开的时候已经判若两个人。

样貌、衣着，包括随身的携带物和饰品，都很容易看出奔波和行走的痕迹。

我轻轻走过去，在他前面的沙发上坐下来，没有言语，只是安静地看着他。蓝似乎感觉到自己的专注被什么人打扰了，抬眼就看到了我。我看出他满眼的惊讶，接着却是笑出了声的开怀。我也笑，嘴角牵动。两个三年来没有任何联系的人，就这样相对无言，唯有深达内心的注视和微笑，似乎已足以表达出一切关于"你好吗""我还好"的问候。

我是这间星巴克身后二十四层写字楼里的白领。每天过着朝九晚五的生活，衣着得体地淹没在这个城市最拥挤的人群里。

和与每一个擦身而过的上班族一样忙碌又充实，略微不同的是，我比他们更多了一份从容。这份从容来自很多年前对自由的拥有。

一个曾经在别人艳羡的生活状态里活过的人，自然更懂得目前的这份安稳和踏实是自由所不能替代的。大多时候，我们并不是讨厌自己的生活，不是讨厌循规蹈矩，不是讨厌高墙林立的城市森林，我们只是对另外一种生活有所渴盼却无力达成。

三年前，我还是一个背上行囊说走就走的人。家里的背包里始终放置着完备的出行物品，用来保证短暂的休息后，可以随时离开。那个时候，我总是束起一个高高的马尾，身着朴素宽松的棉麻衣服，带一副大而圆的银色耳环，手腕、脖颈和指间是各种颜色、各种款式的民族特色的首饰，看起来随性而不羁。

众闺蜜说我是个规划性很强的人，其实不然。年轻的时候，我谈过很多恋爱，虽然那些姓名如车轮碾过的尘土一样早已消散成云烟了。这些不以结婚为目的的恋爱，按某种说法，是我一直都在耍流氓。只是，我并不是特意要去做一个流氓。

我一直处在一种奔波的状态，住青旅的日子比在家里多，买车票的时刻比买化妆品多。四年的时光，我一直在不同的国度里穿行。每天都做一样的梦，梦里永远都是一片灰色的背景和一个孤独的人。

行走在路上的情感，或许是真爱，却难以经受住时间和空间的考验。步行的速度太快，相聚和离开都过于匆忙。大家都很现实，谁认真谁就输了。

每一张脸都是打开一个世界的钥匙，在一段漫长的岁月里，我学着认识世界。

我和蓝认识在三年前那场去往西藏的旅途上。临近过年的这个车次人少得可怜。我在车厢的这头，他在车厢那头。我们总是保持着相同的姿势坐在过道一侧的座位上，目光在车窗外的风景处颠簸。偶尔四目相对即散开。有时，他会从背包里拿出笔记本电脑，敲打一些字，我猜该是在记录一些什么吧。他穿着宽松的牛仔裤，裤腿已经被磨白了，土黄色的夹克衫里是一件白色干净的衬衫，皮鞋擦得一尘不染。我猜他应该是一个白领或者公务员，有着谨慎的言行和得体的谈吐。

我能想象他提着公文包匆忙赶路的模样。

我一直在这漫长的旅程中幻听幻觉。凌晨三点，我再次爬起来，坐在过道旁的小椅上，窗帘在摇摆中透出皎洁的光亮，我看到车厢那头他也保持着相同的姿势。

后来我们自然而然地坐在了一起，偶尔低声聊天。大部分时候，都在凝视着车窗外高原清凉的夜。

后来在拉萨的日子里，我们一起去大昭寺磕长头，一起去玛吉阿米喝奶茶，一起到林芝看风景。蓝说，这是他第二次到拉萨。第一次他到火车站附近办事，事办完抬头看了一下灰蒙蒙的太阳，对蓝天无来由的渴望让他一冲动，就踏上了开往拉萨的列车。刚到拉萨车站，电话从公司打来，是无以推卸的工作。他不得不在售票厅买了返程票。于是第一次拉萨之行，他只在火车站外晒了十分钟的太阳。他说，他是某企业的白领，薪水不低。可是，被圈在城市高楼里的五年里一直在渴盼自由。他希望这次会是一种改变，一种新的开始。

而彼时，我已经以漂泊的状态活过了四年，我总是对自己说，如果有一天，我不想再走了，那么西藏会是我行走的终点。这一年，我突然想要稳定下来，因为一切心心念念的东西变得唾手可得后，都会让我失了兴致。

在父母的催促下，我在拉萨停留一个月后准备返回。临行之前，和蓝在黄昏时分等候布达拉宫的夜景。直到华灯初上，四周渐黑，深宫之内的灯光点点亮起，在黑色天幕下，愈加雄宏伟岸。高原的星空璀璨而明亮，我们在星光下聊天，关于旅行，关于生活，关于梦想。

后来，在一年大年三十的夜晚，蓝打电话给我，说他在珠峰大本营，他说他在离天空最近的地方，他跟我说"新年快乐"。

我问："你是不是看到了前半辈子加起来都没那么多的星星。"

他说："是啊，这里的夜空太美了。"

那一年，他辞去了高薪的白领工作，告别了熟悉的环境和稳定的生活。

那一年，我开始想要有个家。

人漂泊久了，都会累吧。从拉萨回来，我做了两个决定：新的一年找一个工作，找一个男人。我对自己说，这一年，如果不能结婚，那么以后都不会再考虑这件事了。这个"规划"的结果是，在这一年的12月30日，我如愿以偿。

与其说是一见钟情，更不如说是在诸多的经历后早已具备了一种能力——在人群中一眼就将你所需要的东西分辨出来。

一切都是恰好的模样。我们是两个世界的人，可是我们却有了频繁的交集。所有人都诧异，安于一个人过日子的我们，会那么笃定地想要在一起生活。

那一年，我们已不年轻，不再相信童话。

……

窗外的阳光和煦得刚刚好。我问蓝："你在看什么？"他转过笔记本给我看一段他在清迈给孩子上课的视频，上的是活动课，他们在院子里奔跑、跳跃，孩子的脸上写满了明媚。他穿着随意，是当地人的风格，一双白色球鞋有青春的青涩。

"这是我最开心的一段时光。"蓝说。

我微笑点头，美好写在每一帧闪过的画面上。

"这三年，你后悔过吗？"我问他。

"后悔？为什么要后悔？"他笑着说，"走得越远，越觉得世界之大，无法回头。"

"终会累的。"我轻轻地说，没有看他的眼睛。

蓝没有说话，他合上笔记本，许久才缓缓吐出几个字："也许吧。"

蓝说起这三年里，他走遍了南亚和东南亚，在印度瑞诗凯诗瑜伽学院学习瑜伽和佛理；在泰国PAI县的一所小学里当老师，泰国曼谷爆炸的时候，他正在四面佛附近吃晚餐。对于一个曾经以行走为生存目的的人来说，我能听出这些美好邂逅的另一面，是一个人行走的孤独，是衣食来源的焦虑，是脱离世事的茫然。

我说："累了，就停下来，好好找个家。"

蓝眼睛里有东西灰暗下去，"如果，能有一个人和我一起四海为家，即使再累，也可以一直走下去。"他顿了顿，"我一直以为你会是那个人。"他转眼看到我左手无名指的戒指，继续说，"现在看来，是不可能了。"

我笑笑，"你没发现吗？我们是两条交汇的线，在西藏的那年，是我们的交点，之前我一直在漂泊，而你一直渴望漂泊，于是我们才会在拉萨相遇。之后，我渴望安定，而你却弃绝了安定，所以我们只会渐行渐远。"

"这样安定的生活，是无法圈住你的，你迟早会厌倦。"蓝笃定地看着我。

我笑笑，"要不，我带你去我的工作环境看看，你也回忆一下你曾经的生活。"蓝有些迟疑，随后还是跟我出了门。

出门沿着街道直行了一段，右拐就到了我工作的写字楼。我一路给他说这里比起三年前改变很多。途径一家咖啡厅，告诉他这是我每天中午都会午休的地方，而路口的那家婚纱摄影店是我拍了婚纱照的地方。电梯直行到顶层，周末的办公楼很安静，我指给他看我的格子间，桌子上放着我的水杯和结婚照，还有一些零星的琐物。我冲了两杯咖啡，一杯递给他。两个人并排站在落地窗前，这里是二十四层，有着这个城市最好的视角。

我说："走了很多地方，才发现这个城市是最美的。不是因为风景有多好，而是她最容易让人惦念，令人不舍。我们终究不是一个简单的行走体，每一个承载我们情感的瞬间都有着不能承受之重。"

蓝抿了一口咖啡，眼睛看向远方。

"我每天最喜欢做的事情就是在休息的时候，站在这里，看看远方，想象那些山高水长的地方是否有我的念想。可是我发现，我越来越安于这里的一切，包括拥挤的车流，包括遭人嫌弃的雾霾。"

"你和他还好吧？"蓝转过头问我。

"我们从来没有认为在一起就是一对，而依旧是两个独立的个体。有适当的交集，更保持个体的独立；有各自的目标，也会参考对方的意见；有爱人的亲昵，也有朋友的坦诚。"

"你问我是不是会厌倦，其实每个人都是一部作品，你一边欣赏，我一边创作，没有结束也便没有厌倦。在白天黑夜中流淌的每一天，互相尊重和信任，彼此珍惜和珍重，三年就会飞一般流逝。这就是我想要的归宿。"

蓝点点头，再次看向远方，我们还是那么习惯看向窗外的世界，一如在那年开往拉萨的列车上。

临走时，蓝看到了我桌子上的笔记本，迟疑了一下说："这个笔记本可以借我吗？明天你上班前，我会在楼下还给你。"蓝笑笑，说："明天上午十点我会离开这里，去哈萨克斯坦。明天早上八点半，我在楼下等你。"

第二天，蓝准时等在写字楼大厅。他换上了冲锋衣和方便的牛仔裤，背着我第一次见他时背的旅行包。正是上班时间，大厅里人来人往，人声嘈杂。我穿着一身职业装走到他跟前，他看了我好半天，然后把笔记本还给我，我开玩笑说："是不是给我安装了什么监控软件啊。"他没有接话，临走的时候，他说："你穿职业装确实很好看，或许你是对的，这才是你的归宿。"说完，径直走出了大厅。

上楼，坐定，我缓缓打开笔记本。桌面上有一个陌生的小标，双击点开，眼前闪过的是我们在拉萨时他拍给我的照片，有我一人站在华灯初上的布达拉宫的，有我在然乌湖畔的白色烟雾里发呆的，有我在矮房子里挑选黑胶碟片的，有我在火车上安静地看向窗外的。每一张都有很好的视角，随意而自然。只是，我始终想不起他是什么时候悄悄拍下来的。软件还有一些窗口操作功能，点开之后，是他这些年在不同的地方留下的痕迹。只是很多照片里，都会看到一些奇怪的场景。在老挝香通寺，他侧面站立，伸直手臂，微笑地将一个水杯举到胸口的位置，似乎在给谁喂水喝；在泰姬陵的夕阳里，他露出侧脸，左手在身后牵起，好像在拉着谁的手；最后，软件弹出一个对话框，写着：你知道吗？下方是两个选项：知道，不知道。我点开"不知道"，画面闪出几行字：你知道吗？那些只有你的照片是你在看风景时我偷偷拍下来的，你让我知道这个世界原来有这么多可以让人专注的事。

你知道吗？那些只有我的照片是我自拍的，空白的一部分是留给你的。

你知道吗？如果那年没有遇见你，我不会有勇气离开固有的生活轨迹。

你知道吗？我一直想象你在我身边，和我一起旅行，唯有这想象，才能让我忘记孤独，一直前行。

或许，你是对的，一个人行走的日子太孤单，我们最终都需要一个安稳的归宿。只是，现在，我还希望带你去看更多的世界。

愿我们各安天涯。

办公室里的人陆陆续续多起来，我擦拭了眼角的泪花，起身冲了一杯咖啡，站在窗前。路上的行人和车辆看起来十分微小，在如线条般的道路上缓慢移动。这个城市总有最忙碌的清晨，每个出入写字楼的人都衣着光鲜，写就着这个城市的汗水和拼搏。只是，总有一些人，不甘于平淡，过着与常人不同的生活，他们风餐露宿，四海为家，为的只是心中那个小小的心愿。

有飞机从天空飞过，蓝，愿你一切都好。

结局

“ 如果当婚姻才刚刚拉开帷幕，你都没有足够的热情以最美的样子走进去，以后的日子你是否还会有期待。 ”

228

最美的婚纱

在一场婚礼里，最令女孩子期待和心动的，是那件属于自己的婚纱。每个女孩子都想象过自己穿上婚纱的模样，那件婚纱，是一个女孩从读懂第一部童话故事时就开始萌生的一种期待。童话里，美丽的公主都会穿着漂亮的婚纱和王子过上幸福美好的生活。于是，一件婚纱变成了一段爱情的最终寄托，成了开启一段婚姻的梦幻门帘。

在几个闺蜜中，小夏的感情之路是最曲折的。经历了一段五年的恋情之后，她就没有再谈过超过半年的恋爱。之前还能把新谈的男朋友带给我们认识，后来就再没有带来过，因为还没等我们见到这一个的庐山真面目，就已经被下一个替代了。不是她不愿意用心，是她已经不知道该如何用心了。每一次相亲都是冲着结婚去的，没有合适的结婚对象，相处对大家来说都是劳民伤财的事，小夏总是这样认为。

记得我们都还在上学的时候，小夏就曾不只一次地想象过未来另一半的模样，和自己穿上婚纱走红地毯的场景。她喜欢翻看时尚杂志，看到好看的婚纱都会拍下来发给我们看，细说每一款婚纱的别致之处，最常用的句式是：以后我的婚纱一定要……那时候，我们说好结婚时一定要买一件属于自己的婚纱，绝不穿被无数人穿过的一件，其他几个无论结婚与否都要去做伴娘。我们还说，我们的婚纱将来要传给自己的女儿、女儿的女儿，把幸福这样一代代传下去。

那五年的恋情耗费了她太多精力，她在很长一段时间里都缓不过神来。那时候她也曾差点穿上婚纱，可最终两个人一拍两散，没了联系。走过这些年的跌跌宕宕，小夏终是要嫁了，是一个相亲中认识的男子。这次小夏把他介绍给我们的时候，说这是她的未婚夫，我们瞪大眼睛，惊掉了下巴。小夏对他没有心动的感觉，只是觉得踏实。他对小夏也没有恋人的细腻，只是像一个兄长一样宽厚。

男子是一名设计师，衬衣笔挺，性情温良，他身上的良好家教让人觉得踏实，却又难以亲近。他很沉稳很理智，你几乎看不出他的任何情绪。他们一起散步，小夏挽着他的手臂，侧脸看到他的时候，也会有安心的感觉。他会帮小夏拎包，帮小夏叫外卖和购买生活用品，只是他从来不说爱，他表达感情的话是：我希望你能做我的妻子。这样的感情，小夏总是觉得缺少些什么。

决定嫁给他之前，小夏一直很犹豫，她说她没有爱的感觉，可是她又怕以后对谁都不再有爱的感觉，如果是这样，这个品性温存的男子或许是最好的选择。

接下来是婚礼的准备，拍婚纱照、定婚宴、发请帖，小夏在忙碌里渐渐觉得疲惫，对即将到来的婚礼也没有太多期待。

在挑选婚纱的时候，男人依然用冷静理智的语气跟小夏说："只穿一次，我们租一件吧，好不好？"小夏听得出男人征求的语气，或许她只要说一句"不"，男人无论多么不愿意，还是会买给她。可是，她没有多说一句，立刻便答应了。

当小夏在一次聚会时说起这些的时候，我们都有些难过，这还是那个对自己的婚姻充满无数想象和热烈渴望的小夏吗？我们曾说好的要买一套属于自己的婚纱，为这辈子仅有的一次婚姻做最美好的证明，难道她都不记得了？

一个在婚纱上都不肯用心的新娘，这段婚姻是否也不会让她走心。可是，和她一起逛街的时候，我分明会看到她会在巨大的橱窗前驻足，眼睛盯着身着洁白婚纱的模特，久久不愿离去。我分明看到，她在听到我说准备订购婚纱的时候，眼神里闪过的落寞。

婚礼如期举行。在婚礼当天的清晨，她看到床边挂着租来的婚纱，心里很不是滋味。在等待化妆师到来的时候，门铃响起，一个年轻的男子手捧着一个巨大的盒子说："夏小姐，有一份快递需要您签收。"她有些疑惑，不记得自己买过这么大的物件。

签收之后，关上门，小夏坐在沙发上，打开盒子。盒子里面是一个包装精美的稍小一些的盒子，有漂亮的丝带和精致的浮凸图案，图案是一个美丽女子身着白色婚纱的幸福模样。她突然想到些什么，有些紧张地抽开丝带，打开盒盖，一件洁白的婚纱安静地躺在盒子里，没有丝毫褶皱。婚纱上面有一张信笺，她拿起来细细读到：

夏，你终于要嫁给我了，我是多么高兴。或许你无法知道，当我第一次见到你时，就有多心动。从小的家教让我对任何事都要克己谨慎，所以，我在表达感情方面也显得拙劣。可是，从你决定嫁给我时，我就默默告诉自己，要让你幸福一辈子。

我知道，我不是一个在合适的时候出现的人。因为，你还不能完全从过去走出来。可是我有足够的耐心和爱让你知道，我会是最爱你、最能给你安全感的人。

我知道你最大的梦想是在结婚的时候，穿上专属于自己的婚纱，所以，很早我就订制了这套婚纱，我相信你一定会喜欢，因为我参与了这款婚纱的设计。自从认识你之后，我只想做一个简单的人，扔掉一些不好的习惯，认真对待一个人，对待人生。

我爱你。

小夏内心涌起万般感动，眼泪不自觉地掉了下来。她拿起婚纱，婚纱轻盈修长，颜色粉嫩清新，像古希腊神话中，被冥王哈迪斯一见钟情的春之女神的模样。她小心地将婚纱套在自己身上，大小刚合适。再配上精巧编制的花环，春之女神的形象灵动得仿佛梦幻一般，美得无法用语言表达，她被自己的模样惊呆了。原来，自己也可以这么美。

她想起他每天接送她上下班的执着，无论刮风下雨；想起她晚上肚子疼，他半夜送她去医院，又陪床一整夜的温暖；想起他出差在外地，无论多忙他都会关照她的一日三餐和生活起居。他是爱她的，而小夏，是被他宠坏的任性的小孩子。

童话里从来都是以王子公主从此过上了幸福快乐的生活为结局。而事实上，生活很冗长，我们不知道后面会发生什么，可是如果当婚姻才刚刚拉开帷幕，你都没有足够的热情以最美的样子走进去，以后的日子你是否还会有期待。

用从一本书上看到过的一句话来结尾吧：年轻时你可以错过很多，但请不要错过那个让你渴望穿着婚纱在他身边绽放笑容的人。

婚纱本无贵贱，披在爱情身上才是美的，我希望你有一件最美的婚纱。

专属

如果，可以给我一夜宠爱

"她说她找不到能爱的人，宁愿居无定所地过一生。"林忆莲的声音苍凉而令人疼痛。

宠有着修长的手指，她的指尖烟雾轻绕。

"我只是想拥有完整的爱情。"宠对我说，隔着方桌，眼神淡薄。酒吧里昏暗的灯光给每个放肆的灵魂清浅的遮掩。

宠是一个美丽的女子，有迷人的眼睛和妩媚的笑容，她用了不多的时间敷衍了学校里的青涩时光。青春恣意的时候，她从一个安静的镇到了一个喧闹的城。

在宠爱过的男子里，飞是最帅气的，她说他有一张完美的左脸。他用晚上的时间与她相守，吃她做给他的饭，寂静的午夜他们在城市的黑暗里穿梭，带着速度。

他们从来不提情感，只是以绝望的姿势彻夜缠绵。

某个凌晨，他从她身边离开，最后的温柔是印在宠额头上的亲吻。之后，彻底的消失。

染是宠爱过的第三个男子，他有着清瘦的面容和好看的手指，还有一个知性的女友婷。宠读懂他眼神里的暧昧，可她无法忘记和他挤在一个床铺上的时光。

宠说，有夜幕做遮掩没有什么是不可以的，在那个黑暗封闭的小房子里，她用炽热的温度迎合了染的身体。只是，压抑后释放的爱情，显得委屈和笨拙，跌跌撞撞，流离失所。

婷在宠的日记里找到了染的名字，友谊和爱情一起停止。那是一个滑稽的画面，婷飞扬跋扈，她沉默不语，只是一直看着染。她看到染的退缩，她忽然就笑了，这个懦弱的男子，原以为可以一生相许，原以为可以给她安定和保护，却只是闹剧。

故事以相同的情节重复，宠开始拒绝相信爱情。她无数次把自己疲累的身体靠在一个稳定的肩膀上，她以为自己可以像弹掉灰尘一样打发自己的爱情，可是她终究不是一个将就的人。

"没有爱情，她只好趁着酒意释放青春。"林忆莲的声音轮回之后再次响起。

"为什么，我的爱情总是这么委屈。"宠浅笑，高脚杯里冰凉的鸡尾酒在她的手掌间轻轻晃动，滑出好看的颜色。

我理解宠的无奈，完美的女子总有残缺的爱情。

她看着一个又一个男子被时光带到眼前，又如退潮般黯然逝去，仿若昏暗里的烛火闪现一下很快又熄灭。宠的疼痛是长久以来积蓄的钝重，沉沉地凹陷下去。

情感一向厚此薄彼，无公平可言。有的人集万千宠爱于一身，有的人却一世与人争宠。也许宠想要的，只是一种坦然的姿态。谁又不是在步入婚姻的平淡和琐碎前寻找一段酣畅淋漓的爱情，即使结局是万众归一的陈旧和絮叨，至少有过程可以回忆。

很多理性的解释变得空洞牵强，我愿意告诉她一切都在远方，那个美好的男子将专属于她一人。宠莞尔，"如果可以，我希望有一个人可以给我哪怕一夜真爱，不用给第三个人交代，没有谎言，没有不忍。"

我微微点头。

这个季节，微尘在空气里浮动，带着陈旧的气息。

质疑

忘掉过去吧，我给你一个家

"对不起，老公，你真的要接受一个一无所有的人做你的妻子了。"某个冬日的午后三点，他收到了她的信息，看完后他回复了一句："爱我就好。"

放下手机，他抬头看向窗外，初冬雨后的下午，天空阴沉沉地压向窗口，办公桌上堆满了很多还未处理的文件，文件旁边的意式拿铁还没喝完。他起身走向窗边，窗上的一块玻璃不知什么时候已经裂开了，像一块工艺品一样。他发现玻璃裂开已经好几天了，却喜欢这样的状态，并未叫人来处理。

他伸了伸懒腰，长时间的忙碌总能让他忘记辛苦，在停下来时却会发现疲惫感充满了全身，就如现在，他忽然觉得很累。他已经很久没有这样的感觉了，这几年，他全身心投入事业中，每天忘我地工作，学会了忽略自己的感受和情绪，学会了权衡利弊，学会了敷衍。可现在他忽然想休息会儿，让整个人赖在沙发上，蜷缩放松身体。

他很想她，却无法表达这种想念，他从不知道自己的语言可以这么匮乏，无论他如何表达，都达不到他所期望的效果，因为她总是对他半信半疑。

躺在沙发上，他想起了与她相识相爱的过程，想起了每一次的见面，想起每一次的拥抱。当她用质疑的眼神看着他时，他也曾无数次地问自己，问自己究竟爱不爱她，有多爱？她是个情感细腻的人，懂得他全部的喜怒哀乐，不管他如何伪装，她都能看穿他的心事。他很庆幸，在茫茫人海中，能够遇到一个懂得自己内心的人。

她在意他的过往，那段几乎耗尽了他半条命的情感。曾经的他很天真，以为只要自己真心对待一个人，就能够赢得对方的回应。然而，一切都是一厢情愿的，曾经被伤害、被放弃，在无数个无法入眠的夜晚，他曾经心痛到无法呼吸。

可他无法去向她表达，那段过往对他来说已经成为过去，当他要拾起信心时，是付出了多大的努力才做到的。他时而看着她出神，会伤感，也会在心里问自己，如果她也做不到笃定地和自己在一起，该怎么办？是否该为自己留有后路？他想小心地控制自己的感知，想减少爱她的程度。可是他明白，既然选择了再次去爱，他就无法做到全身而退。

门外传来的敲门声，打断了他的思绪，秘书告诉他客户到了，他从沙发上爬起来，拉了拉衣服，拿过纸巾擦去眼角的泪水。已经记不得从

何时起，他又开始会流泪了，这泪水带点悲伤，又带着点喜悦，自己
的心终于又有了感知，真好，他这样告诉自己。

陪客户穿梭在生产现场，他已经习惯车间嘈杂的声音了，今天却觉得
无比刺耳，他告诉自己在工作，不可以分心，脑海中却闪过她的样
子，她撒娇的样子，她在他怀里的样子，她幽怨的样子，这样的想念
无以表达。

与客户商谈方案、谈价格，这些对于他来说已经游刃有余了，他知道
他可以处理得很好。对于情感，他也曾认为他可以处理得很好，只是
不知为何，最近他开始慌了。

他们的第一次见面在北京，在她学校的门口，他坐在车里等她出来。
从后视镜看见她缓缓而来，他竟然紧张到不能自已。她打开车门的一
瞬间，他窒息了近十秒。他未曾告诉她，他的心为她而跳，跳到无法
呼吸。他借着与客户打电话避开这样的感受。放下电话，他试图用轻
松的语言掩饰内心的紧张，说话间隙他从侧面看到她的模样，安静美
好。此刻，他们真的在一起了，只有半米的距离。他越过这距离，轻
轻拥吻她，感受着她身体的微微颤抖。她就那样看着他，好像要看进
他的内心深处。他微笑地迎着她的目光，有深刻的熟悉感，仿佛他们
已经认识了很久很久。

第二次见面在兰州，是他从未踏入过的一座西北城市。他在那个陌生

的城市告诉她他要娶她，要她做他的新娘，她流下了眼泪。他知道她没有安全感，她有太多思虑和担忧。他擦去她脸上的眼泪，轻轻抱她在怀里，告诉她无论他们走到哪一步，他都爱着她，她是他用全力去爱的女人。他知道，他们在一起要面对的不仅是这两千多公里的距离，还有彼此的过去，以及对未来的不确定。

第三次见面在重庆，他们在一起度过了相识以来最久的时光。他们手牵手走过每一条蜿蜒的小路，看过了许多场无人的电影；他们一起在人潮拥挤的超市里选购食材，在租住的家庭酒店里看她卷起袖子为他做晚餐，那是他吃过的最美味的饭；他为她学着洗碗、煮汤，他为她剥虾，看着她笑。这一切让他有了厚重的幸福感，或许幸福就是这样简单吧，只有一个眼神的距离，就可以看到彼此的微笑。

第四次见面在西安。他习惯了晚间的飞机，延误的航班，凌晨的机场。再次降落在一个陌生的城市，他忽然觉得他们的心不再那么遥远了。在晚间的机场高速上，她拉着他的手。他开车时，能感觉到她偶尔看过来的目光，他会玩笑地说一句：没见过帅哥啊？她微笑不语，眼神却不远离。他无比享受她的眼光，温柔而又溺爱；他很享受他们没有争吵的时光，每一个拥抱，每一个亲吻，都很享受。

他们牵手走在西安的城墙上，深秋的风吹过，有丝丝凉意，他的心却无比温暖。他喜欢和她一起吃饭，有家的感觉。他经常感觉不可思议，原来只要是对的人，就能改变自己的感知，改变自己的幸福观。

和她在一起时，他身上的孤独感逐渐退去，他开始变得热情。他喜欢他们拥抱时的感觉，脸贴着脸，彼此的体温能够顺着脸颊，经过脖子，流到心房。他喜欢他们亲吻时的感觉，舌尖与舌尾的纠缠，恍若隔世。

第五次见面在杭州。这一次是她奔向他，几经曲折。他站在机场等她的飞机降落，透过屏幕，他看见她从电梯走向航站楼，看见她走向自己，他面带笑容接过她的行李箱，抱她在怀里。

滨江喜来登酒店，十五楼行政酒廊，她被他从被窝拉起来吃早餐。他们隔着一张桌子，面对面而坐，偶尔对视的时候，都是满满的幸福感。她开玩笑地说："看吧，我不仅是可以和你睡觉的人，还是可以陪你吃早餐的人。"他们坐在窗边的位置，透过窗能看到钱塘江，他喜欢这样的感觉，所有美好的风景都源自于所陪伴的人。吃完早餐，他们打开电脑各自工作，这一直是他希冀的状态，尽管忙碌，也能在忙碌之余一个转眼就看到她。有时候，他会看着她发呆，看她偶尔蹙眉，偶尔微笑，偶尔噘嘴，无论什么表情都美得令他无法移目。

他喜欢篮球，她陪着他在游戏厅投篮，他满头大汗，她在旁边给他照相。她陪他买裤子，他陪她配眼镜，这些细小的事情在本就烦琐的生活中不值一提，却构成了他对幸福的理解。不需要多么刻骨铭心，也不需要多么轰轰烈烈，所有的爱都只要在一起就好。他从不是个伟大的人，他是个自私的人，自私到被他抓在手心的手不再愿意去放开，自私到被他拽在掌心的幸福，不愿还回去。

分开的前一晚，他们有了争吵，还是因为他的过往。在那一瞬间，他忽然无比反感那段撕心裂肺的岁月，他百口莫辩，他不知道该如何向她解释，在他当下以及未来的人生里她是他的唯一。吵累了，他们相拥着睡去，醒来后他起身去洗澡，她忽然叫了他一声"老公"，他转过身，她伸出双手，要他抱抱。抱着她的一瞬间，他再也忍不住流下了眼泪，他只是需要一段能相互信任的感情，他害怕极了她质疑的眼神，他抱着她哭得像个孩子。从不轻易流泪的他，在她面前流过了无数次泪，只是希望她能够明白他的心。

第六次见面是在他居住的城市。他带她去他常去的小饭馆吃饭，他牵着她的手在每一条熟悉的街道走过，他给她讲他生活中的点滴。有时候，说到一半，她会停下脚步，侧身亲吻他。他被突如其来的亲吻噤了声，两个人沉默不语，四目相对，却有着让人心安的感觉。

他去上班，她在房间里等他。他坐立不安，他的心被她牵挂着，在他眼里，她像个小孩，没有生活自理能力。他觉得没有了他，她完全无法好好生活。他渴望照顾她，渴望用自己的爱呵护她，渴望她在自己的世界永远如孩童一般。

下班后，他走进房门的一瞬间，她张开双手抱向他，像个孩子一般开心地说："老公回来了。"他有了一种幻觉，好像他们已经生活在一起很久了，这个女子在等着他下班回家。他一直习惯一个人，习惯孤单，可此刻，他无比渴望这样的状态，一盏温暖的灯火，一个等他回家的女人。

闲暇时，他经常会在办公室或是在开会时胡思乱想，想到她穿上婚纱的样子，想到她怀孕的样子，想到孩子蹒跚着脚步走向他的样子。每每想到这些时，他会自顾自傻笑，不管周围是否有人。

他知道，生活总是会有遗憾，他会遗憾在她过去的人生中没有及时加入，他也会遗憾曾为不值得的人伤心难过，但他仍然明白，需要走下去才能看到美好。

他开始购买属于他们两个人的房子，开始打算装修，开始打算婚纱照的拍摄地点，甚至开始策划婚礼。

她仍然会有质疑，仍然会有让他百口难辩的时候。他开始明白，或许无论自己如何去辩解，她都无法理解或释怀，唯一的办法是过好当下和未来。而最好的证明，是牵起她的手走向婚礼殿堂，是面对生活的点点滴滴时对她宠爱不变，是每天无时无刻的陪伴，是牵着她的手走向人生尽头……

碰撞

" 每一对想要在一起的情侣都需要经历各种现实的碰撞和摩擦，才能落入凡尘俗世的烟火气息里，活出真实的模样。"

不被祝福的爱情，也有幸福的模样

席慕蓉说，幸福的爱情都是一种模样，而不幸的爱情却各有各的成因。其实，幸福的爱情也可以在各种不幸的成因里，活出千万种幸福的模样。

可馨是我的闺蜜。我们在一起谈得最多的就是她这一段让旁人十分不看好，他们自己却爱得逍遥自在的感情。

男友比她小七岁。好吧，我承认这个年龄差异，已经超出了我的接受范围，虽然我一向坚持恋爱不分年龄，只分他和她的爱情观。当某一天，可馨掐着指头算起她上大学时，男友竟然小学还未毕业时，着实被狠狠吓了一跳。她的原话是："原来，我比他老这么多？"满脸诧异外加失落的模样。

有一段时间，可馨频繁地关注法国总统马克龙和比他大二十四岁的妻子，关注王菲和谢霆锋失而复得的爱情。一边给自己重塑信心，一边又有些彷徨。对于这一点，男友是这么说的，"女性的平均寿命比男性长，男性的身体机能比女性衰退得快，所以，我们这样的组合才是恰到好处。"尽管如此，两个人一同外出的时候，还是会吸引别人的眼光，因为这个小她七岁的男友看起来比实际年龄还要小。

可是，他们却把这种悬殊活成了调侃和乐趣。可馨经常戏称男友是"小屁孩"，让男友叫自己"妈妈"，男友会佯装生气，喊一声"奶奶"，可馨再脆生生地应一声，两个人闹成一团。他们之间的经典对话是：

男："你爱我吗？"

女："当然爱啊。"

男："什么爱？"

女："母爱。"

……

我们都以为，在这段关系里，可馨该是付出很多，很辛苦的那个。可事实上，可馨才是这段感情里的公主。男友事事宠着她，让着她，宠溺她的任性和小脾气。自己工作辛苦，还会花时间学编程，学编辑，为了帮她打理很多力所能及的事情。男友时常说，"在我眼里，你永远都是一个需要被照顾的小女孩。"

奇怪的是，在别人眼中成熟稳重的可馨，在男友面前不仅脾气很大，还作天作地。而她发脾气的缘由无外乎早上起床，男友没有亲吻她；男友工作忙碌，回复她的消息迟了几分钟；晚上入睡，男友没有拥抱她诸如此类小得不能再小的问题。而事实上，男友在工作中是说一不二，有些霸道专横的，却愿意在她面前收起自己身上的刺，给予她温暖和包容。不得不说，爱情是一场博弈，你强他就会弱。

可男友却这样说，"算命先生跟我说过，我的命里跟着一个女人，可能是来讨上辈子的债的。原来，这个女人就是你。因为上辈子的亏欠，这辈子我要宠着你，呵护你，免你忧愁，爱你白头。"

可馨给我们讲起过男友的过去，一个典型的花花公子。谈了很多场恋爱，经历过很多女人，任性地开始，草率地结束。我们都很担心她是否有能力收住这个花花公子，并且在以后的平淡日子里也能够对她始终如一。关于这一点，可馨很理性，她觉得一个经历过诸多情感的人，更能知道自己需要的是什么。因为拥有过，而不再好奇，因为尝试过，而不会轻易被诱惑。这个世界，想找一个从一而终的人和一段从一而终的感情，需要很大的运气和努力，无论你遇到谁，爱上谁，都不能百分之百保证你们相爱到老。就像她曾经笃信的前任，还是在另一个女人的温暖里丢弃了她。所以，在她的人生信条里，只要以目前她的认知，觉得是一段可以继续的感情，就值得珍惜。

当然，男友也没有辜负她，删掉了微信里所有可能让他们产生误会的异性，放弃了曾经下了班就混迹各种酒吧的夜生活，除了工作应酬外，所有有异性参加的聚餐都拒不参加。每天下了班就抱着电话和可馨煲电话粥，利用一切可利用的时间飞去见她。他为她变成了一个彻头彻尾的宅男。

如果说年龄相差悬殊、生活背景迥异还不足以说明两人相爱的困难，那么所有人的反对，特别是双方父母的反对，也足以让大多数爱情夭折。很多听众曾经问我，不被父母祝福的爱情要不要继续。这是个千年难题，任谁也无解。你可以说，父母的看法要重视，他们毕竟见多识广，可是被父母耽误的大龄单身男女青年并不在少数。你也可以说，自己的婚姻要自己做主，可是不被祝福的婚姻总是困难重重，难以割舍的亲情让你无以选择。

可馨的父母坚决反对她和男友在一起，因为男友符合他们心目中所有会背叛他们女儿的坏男人形象，比如家境好，比如祖籍南方，比如职业从商，比如比她小。男友的父母反对也很坚决，除了年龄的问题外，他们一心想为自己的儿子找一个家境殷实，可以在事业上助力儿子的女孩，很显然，可馨不是。

所有因为外在原因而分手的情侣，都是因为爱得不够。这句话，我深以为然。尽管双方家庭激烈反对，可两个人分别加了对方父母的微信，晓之以理，动之以情，不停地告诉父母他们相爱的力量和决心。很多时候，父母会反对一场婚姻，是因为他们并不能看到另一半的好。而这些，需要相爱的两个人一起呈现给他们，不仅仅是用语言，更是用行动，用爱。

最后，父母们留下一句，"生活是你们自己过的，希望你们都为自己的所作所为负责，并且爱护好自己，爱护好彼此。"也算是默许了。

你看，不是所有幸福的爱情都是甜言蜜语，亲密无间，完美般配的。每一对想要在一起的情侣都需要经历各种现实的碰撞和摩擦，才能落入凡尘俗世的烟火气息里，活出真实的模样。

愿所有不被祝福的爱情，也能找到自己的归宿。

于心不忍

" 从一开始的视若珍宝，到后来的习以为常，女人在男人变化的态度里，读懂了爱情的琐碎和庸常。**"**

一场预谋已久的分手

天微微亮，她悄悄在APP上预订了蛋糕和一束玫瑰。背包里是这次见他之前，她跑了很多地方为他买的手环。

再过两天是他的生日，也是七夕节。这是她第一次为他准备生日，而两个节日的叠合，让她花了更多心思在上面。她希望这个假期，他们能愉快地度过。

只是，这个美好的愿望被两个人无休止的争吵撕碎。从见面前的半个小时开始，他们的吵架模式和度假模式一起开启。

你有过这种经历吗？明知道一段感情不可能有结果，却依然会执着地开始。一年前，她开始了一场不被任何人看好的恋爱。所有人在评价他们的关系时，都说了三个字："不合适"，不仅仅是因为他们之间有着上千公里的距离，更因为他们性格迥异。

他们不相信所谓的合适与否，他们相信只要相爱，一切都不是问题。可是，上天并没有因为这份执着而眷顾他们。他们在过去的一年里不停地争吵，有时候吵到天翻地覆，有时候又是旷日持久地冷战。只是，每次争吵之后，两个人又总能找到合适的契机缓和。

刚和好的时候，他们都会用百倍的耐心对待彼此，生怕一不小心，对方就会从自己的生命里消失一样。这种谨小慎微让他们觉得更爱彼此。他们也会说以后再也不吵了，再也不提分手了。可是下次争吵的时候，依然是一场硝烟弥漫的战争，所有的情景都会再次重复上演。

他们都太过偏执，喜欢站在自己的角度考虑事情，把自己的看法和情绪强加给对方。他们都太过倔强，不肯委屈自己的情绪和意愿，却期待对方服从和低头。他们都太过自我，希望自己始终是那个被照顾的孩子，却吝惜付出。

如果有一件事是从他们相爱以来几乎每天都在坚持的，恐怕也只有争吵了。两人在调侃的时候，会说这是他们相爱的唯一证据，也会在某一个没有大的情绪波动的日子里，欣喜地说要把这一天留作纪念。

她时常也会疑惑，他们如此争吵，是因为不够爱，还是因为太爱。或者，真的如旁人所说，他们"不合适"。每次争吵时，她的绝望感都很浓烈，觉得看不到未来，没有希望。绝望到极致的时候，她会用尽全力地想要挣脱他。

前一天晚上，他们再次争吵，吵到最后，两人在床的两边各自睡去，身体之间留有大片空白。她想起他们相爱的最初，每晚都会相拥而眠，她还清晰记得他重重的呼吸扑在她脸颊的温润感。她想起那个时候，他们从来不会带着怨气过夜，所有的问题都会在睡前解决，然后疼爱地抱着彼此入睡。她想起从前，他执着地在意她的一切小脾气，一定要让她平顺后才肯放心工作或者睡去。

她是一个很敏感的人，敏感地捕捉着他不爱她的蛛丝马迹。尽管这些细微的痕迹从来不被他承认。可是，她也得不到一个合理的解释。于是，她宁愿认为，他对她的爱不再如从前。

这似乎是男人和女人之间难解的问题。恋爱一个月和恋爱一年，甚至更久的区别。从一开始的视若珍宝，到后来的习以为常，女人在男人变化的态度里，读懂了爱情的琐碎和庸常。

她听到他微微的鼻息，却始终无法睡去。她曾经有过一段三年的爱情，从最初的炽热到后来的平淡，他们终究是不堪忍受死水般的生活而选择分开。她忽而觉得，如果他们的将来也会变成她的曾经，她又为何非要对一个人死心塌地。

这样的想法让她觉得悲凉，或许，能争吵也是一件好事，至少能在争吵里有来言去语，至少还有争论的力气。

一晚不眠，她最终决定离开，在为他过完生日之后。

他醒来后，和以往的每一次争吵之后一样，走到她跟前说，"不要生气了，是老公不好，以后再也不吵了好不好。"她微微一笑，这句话她听了很多遍，他们之间总是不能真正解决问题，这才是她最焦灼的地方。她安抚地摸了摸他的脸颊，打开电脑开始工作。

她放了一首他们都喜爱的音乐，李佩玲的《心有独钟》。音乐响起的时候，太多一起经历的心酸一幕幕浮现，让她泪盈于睫。这一年来，他为了见她，凌晨两点还奔波在赶回公司的路上。她为了他，放弃了继续深造的机会。为了给她一个家，他按揭买下一套房，自己设计，自己装修，还为她设计了专门的工作室。她为了让他安心，甘愿放弃自己辛苦打拼的事业。

……

他在床上看书，边看边喊她，老婆，我的指甲长了，要不要帮我减掉。她轻轻回复，好。起身走到他跟前，跪在床边的地毯上，拉过他的手。他的手纤细好看，她曾经看着这双手弹吉他，弹她喜欢的曲子。

他们本是被过去生活捆缚下毫不相干的两个人，为了相见，赤脚徒步走向彼此。为了相爱，甘愿剥去与过去生活千丝万缕的联系，坦诚相对。尽管，这个过程有改变的阵痛，有不同步的矛盾，有融合的辛苦，有对未来的迟疑，可短暂的迷茫之后，他们还是会义无反顾地奔向彼此。

有眼泪滴落在他纤长的手指上，他竟然毫无知觉。这个粗心的男人在她细腻的情感里，更像一个孩子。朋友说，和他在一起，你会很累，你该找一个成熟、懂你的男人。

可是，那又怎么样呢，相识就是这样无意，相爱也是这样心不设防。谁能在还未相见的时候，就预兆一段感情的开始。她内心的不舍和眼泪一起汹涌。

如果迟早要分开，不如趁早放手。这是她对待爱情的态度。她背过身，悄悄擦拭了眼泪。

外卖的电话响起，她催促他去取。他疑惑，你订了什么？她说，你去了就知道了。

他拿着花和蛋糕从门外挤进来的时候，脸上满是笑意。老婆，这是买给我的吗？我的生日还有两天啊。她故作轻松地说，当然是给你的。你看我们天天吵架，万一等不到你过生日的时候，分手了呢。

他假装生气地瞪了她一眼，说，有你这样的吗？天天想着分手。说完，把她拉进怀里，轻声说，我们还要在一起一辈子呢。

她看他安置好玫瑰花，打开蛋糕包装，插上蜡烛，自顾自地唱起：祝我生日快乐。这个男人有时候很简单，有孩子般的单纯。可是她情绪低落，这是她打算为他过的第一个也是最后一个生日，这是她预谋已久的一场离别。

感情里，最痛苦的事情，不是因为不爱而分手，这是成全。而是原本还相爱的两个人，因为看不到希望而提前离场。这一切是因为太过理性，还是太作。她也不明白。

她看着他像个小孩一样拍手，微笑，眼泪不自觉涌出。看到她的眼泪从鼻翼处流了下来，他一下子慌乱起来，赶忙用手擦去她的眼泪，柔声问道："怎么了，老婆，为什么哭了呢？"她赶紧笑着说："第一次跟你一起过生日，开心的。"

他终究是爱她的，只是他们都只会用自己的方式爱对方，却忽略了对方的感受。她不明白为什么有些人对感情的掌控可以易如反掌，投入和抽身一样随性。她只要开始一段恋情，就无法说走就走。那种明知不可能而为之的煎熬，与依然爱着的心酸反复纠结碰撞，让她内心疼痛。她还是做不到爱就爱了，哪怕万劫不复，所以每一次选择都是一场沉沉的背负。

她能想到他失去她的痛苦，也能想到自己转身后的难过。她甚至坚持认为，他一定会拼命去找她，在所有他们走过的地方，流很长时间的眼泪，感受绵延的孤绝。这一切，都让她于心不忍。

这个夜晚，他们相拥着入睡，和刚刚相爱时一样。她在他沉沉的鼻息里很快睡着。或许，他没有变，他们的感情也没有变，改变的是她与日俱增的不安和焦虑。她预谋的一场分手，在这个生日之后不了了之，她知道他们可能再次陷入争吵—分手—和好—相爱的循环里，她可能还会在一次疯狂的争吵后预谋另外一场离别，她不知道这场循环往复会在什么时候戛然而止。

谁又知道呢?

平淡

" 婚姻到最后，比的不是爱情，而是信任、是宽容、是强大的
习惯和彼此的交融。"

婚姻最真实的模样

不记得从哪里看到过一段话"所有的感情都会从热烈走向平淡，因为所有的感情最终都会和生活交织重叠，也会和彼此的生命融为一体"。作者讲述了一个男人为了小三抛妻弃子后，却被小三抛弃的故事，故事中这段话用黑色加粗。

她把文章的链接发给乔，并且留下了一段话：如果以后你爱上别人，你们也注定会从热烈走向平淡。那么，我们说好，不离开，不放弃。

乔几分钟后回复她：好，不离开，不放弃。

没有人会理解她的患得患失。她是一个有过一次失败婚姻的人。在这个离婚率极高的国度，这并不是一个值得津津乐道的话题。离婚带给她最大的伤害，或许不是离婚本身和由此带来的各种现实问题，而是那种挫败感以及自信心的坍塌。

她曾经在离婚后的每一个深夜辗转反侧，疼痛难忍。不断地责问自己，是不是自己哪里做得不够好，才导致他们走到如今田地。她质疑自己糟糕的性格和难以相处的脾气，质疑所有婚姻存在的本质和意义。

她曾在深寂的夜里，给乔打电话，说起自己耗费了最好的青春拥有又失去的一段感情，说起自己前半生的失败和如今的一无所有。她说，当一段感情画上句号的时候，你才发现，那些曾耗尽力气拼命想要拥有的，那些你为了幸福努力作出的微笑，不过都是为了走向最后的终结，这是一种多么绝望的领悟。

乔在电话那头温柔安慰道，谁说现在的结束不是为了更好的以后呢？至少，我会一直陪着你，不会再让你受到伤害。

世界上最温柔的陪伴，就是在你低谷时依然不离不弃，愿意听你琐碎的倾诉，愿意给你的眼泪无底的包容。乔给了她太多这样的温暖。可是，很多情侣可以一起抵御外界的伤害，却很难给彼此宽容。

她曾经真切地告诉乔，所有的感情都会归于平淡，所有的人都经不起诱惑，这是一个太过浮躁的时代。她担心乔不能爱她终老，担心他们终会重蹈覆辙，她在爱情里患得患失。乔却说："我不知道其他人的爱情是怎样的，如果全天下的感情最后都会平淡如水，我希望和你创造奇迹。"

可是，她悲哀的发现，她无法再相信这个世界上有从一而终的人和爱情。她一遍一遍地用尖利的语言刺激乔，无节制地考验乔的耐心。她想，你不是说会包容我的一切坏脾气吗？你不是说会任由我胡闹最终都会紧紧拉住我不离不弃吗？你不是说会爱我一辈子吗？那么，你该能够承担和包容这一切吧？

当乔为此表现出不堪重负的时候，她清晰地知道，自己在亲手撕扯他们的感情。她也知道，没有哪个人可以容忍到无节制的地步。可是，她依旧不依不饶，她想知道这个男人因为爱自己能承担的底线究竟在哪里。而一旦乔想要放弃，她的绝望感就瞬间狂涌。于是，她会更加笃定，爱情果然是一个不可靠的东西。

在这种情感怪相里，他们都疲累得无以复加。

爱情究竟是什么？而婚姻最本质的模样又是什么？或许大多恋爱中的人和走向婚姻的人都不知道。每个人乐此不疲，前赴后继，却只是被某一种情愫或者感觉牵引。就像我们大多时候都不会思考自己从哪里来，要到哪里去。如果爱情可以跟着感觉走的话，婚姻却无法再以感觉论成败。

婚姻到最后，比的不是爱情，而是信任、是宽容、是强大的习惯和彼此的交融。信任彼此，给予双方宽容，习惯有对方的生活，让彼此在精神和时间中交融渗透，这才是婚姻应该有的模样。

因为并不清楚婚姻固有的模样，不清楚自己想要的生活，带着过于美好的期待走进婚姻，就会处处碰壁。人性中本有对习以为常的事物变得粗心和不在意，对感官有极大刺激的事物记忆犹新的特质，数十年如一日的琐碎生活，仅靠着美好愿望和多巴胺左右的爱情来维系，确实很难持久。

好的婚姻都有"刻意"的成分。刻意地讨好，刻意地认错，刻意地经营。你可能会说，刻意的成分太浓，哪里还有真正的感情。而事实上，只要你没有心有他属，刻意会很大程度为爱情保鲜。一方面它耗费了你很多心思在对方身上，所谓心思用在哪里，效果就会出现在哪里。另一方面，明知双方有错，有意让步，也会很好地化解每一次争吵，你知道的，无休止地争吵，对感情是极大的伤害。

当你明白很多事情是人性使然，看清婚姻的真实模样，明白两人的相处不能只是跟着感觉顺其自然。用心思去经营，你在爱情和婚姻里才有游刃有余的姿态。

同样，无论你的生活里出现了多么让你与众不同的感觉，也不要任由它肆虐，直至破坏自己的婚姻，因为，你最终也会发现，如果依然只是抱着美好的幻想寻找婚姻，你会一败涂地，因为婚姻到最后大抵相同。